2001年8月から9月　お遍路
2001年10月か11月　ヴィパッサナー瞑想
2001年11月　インドのニューデリーへ
2001年11月末　インドの聖地のひとつの都市で名士の家に滞在
2001年12月　ネパールからチベットへ
2002年1月　ネパールからインドへ
2002年2月　カナダへの移民
2002年5月頃　起業
2004年11月23日　サイババへの祈りで着ぐるみ状態へ、のちに発狂
2005年1月　正式に帰依し、断捨離ほかを実践
2005年7月　帰国し、東京センターに出入りするように
2005年9月　就職
2007年11月　転居し、千葉センターに移籍
2022年5月　定年退職し、11月嘱託契約をこちらの希望で解除
2023年1月　執筆開始

語句の用法

拙著では俗にいう「霊能力」あるいは「超能力」を下記の3つに分類しています
(筆者の理解であり、特定の宗教、思想と一致するものではありません)。

●超感覚、あるいは霊的感受性
常識を超えたレベルの視覚・聴覚などの感覚、直観
例　オーラが見える、霊が視える、小説を読むと脳裏に映画のような光景が動画で
　浮かぶ、虫の知らせ、予知夢、脳内に将棋盤と駒が浮かぶなど

●低位霊能力、あるいは霊的干渉力
常識を超えたレベルの能動的に他者に影響を与える力
例　チャンネリング、ヒーリング、テレパシー、物質化、天候操作など

●高位霊能力、あるいは真我の力

真我実現者、あるいはそれにきわめて近い方が使う無謬の力

例　死者蘇生、自らの分身を作成して世界中に飛ばす、全知全能など

前書き

私は権威、特に宗教的権威が大嫌いな人間として人生の大半を過ごしてきた。ドイツに長期出張していたころは、休日に出張先のデュッセルドルフから電車で大聖堂のあるケルンを経由し、保養地のバーデン・バーデンのカジノまで日帰りで遊びに通ったものだが、ケルンの大聖堂には一度も観光へ行かなかったほどだ。あらゆる宗教の中でキリスト教が一番嫌いだった。一方で、権威は嫌いでも、霊能力や霊的な感受性（霊感）については人並みの興味があった。しかし、特に才能があるわけでもなく、ごくたまに起きた金縛り体験のときなどは恐怖に震えながら目をつぶり、「南無阿弥陀仏」と唱えていたものだ。つまり、神仏は宗教的権威とは切り離して非常時の拠り所として頼ってはいたのである。

私は制御系エンジニアの仕事をしていたこともあり、ハードウェア選定、ソフトの設計やプログラミング、施工管理、試運転などでアジア・北米といった海外で長く生活をしていた。そのため、思考パターンは論理に偏ったゴリゴリの左脳人間だと自認している。ただ、自らの結婚式の日に神の祝福だと思える出来事を直接的に体験したために、未知への漫然とした興味は持っていた。

とりわけ、今後科学技術の発展とともに科学の一部となる可能性を秘めた、現状では疑似科学とされる理論、未来予知などの超感覚には興味を持ち続けていた。ＥＭ菌、常温核融合、ノストラダムス、ロバート・モンロー、エドガー・ケイシー、ギザのピラミッドなどは大好きな読書ジャンルだった。

余談だが、常温核融合については実際に原子力を扱う民間企業など多数の研究所が追試験を実施していたという。その担当研究者として追試を行い、一度だけ大量の中性子を検出して核融合現象を確認したという方と知己を得ている。常温核融合を疑似科学とみなしては怒られるだろうが、その再現性が宝くじで1等を取る確率程度のために、現代科学的には否定されている事象なのだ。それゆえに、再現性向上を求めた国内の研究者たちの間では、

「田中貴金属工業の第X番ロットのバナジウムが良い」

といった噂が広がり、当該ロットに注文が集中して話題になったこともあるらしい。将来、何らかのブレークスルーにより常温核融合技術がエネルギー問題の最終的な解決になる可能性はゼロではないと思う。

さて、そんな私に期せずして人生観や世界観を揺るがす体験が起きた。2000年5月1日、遠方にいる友人のメールを読んでいたときのことだった。突然、胸が「何か」で満たされて、その「何か」が胸から溢れて全身に広がるような感覚に包まれたのだ。「快感現象」としか表現のしようがないそれは、3日間にわたり続いた。

3日目には自分の意志でどうにかコントロールができるようになったのだが、一度この事象を制御できるようになると、制御エンジニアとしての血が騒いだ。この事象を研究して、何らかの有効利用を目指すのはごく自然な流れだった。制御可能なのであればこの事象はかつて職務で携わった天然ガス製造プラントなどの動作原理のように、何らかの「物性」あるいは「理（ことわり、ルール）」に基づいているに違いない。その「理」が一部分でもわかれば利用可能なはずなのだ。

例えば、人類は電気の本質をいまだに理解していないにもかかわらず、電気を利用してより良い生活を送っている。この現象も常温核融合の事象と同じように、偶発的に発生する何かの「理」の結果として起きたのであれば、普遍的な事象として活用できるようにするべきだ。すべてを捧げて究明するだけの価値があると思った。

とは言ったものの、これは建前で本当のところ、私はどうしようもなく、

『常人からかけ離れた存在になる可能性』

にハマったのであった。

この個人的体験が職業的経験と化学反応を起こし、私はエンジニアの仕事を辞めて霊性修行を迷走し続けることになった。その挙句、5年後に大暴走してしまう。具体的には、

――なかば悪魔憑きとなって新興宗教の（なんちゃって）教祖を目指す――

という事態に至ってしまったのだ。尊神サティヤ・サイ・ババ様（日本人にはインドの聖者サイババのこと。不敬ではあるが、以降、第一部では尊称を略してサイババと記す。そもそも当初は奇術師だと思っていた）の介入なくば私の末路は精神病院、刑務所、墓場のどれか、あるいはそれらすべてであっただろう。

霊性探究の過程で物質的なことへの興味が減退したために、また内省する時間が多くなったために、さらには今でも感謝の想いがやむことのない、ある「恩人」の方の祈りにサイババが応えてくれたことにより、私は救われたのである。

「間違いなく、あなたは神を見ます。必要なのは、ただあなたの意識を、物質世界の

興奮から引き離すことを始めることだけです。自分自身の内面に、もっともっと完全に焦点を当てなさい。これを成し遂げたとき、あなたは神を知るでしょう。あなたは、すべてを圧倒する神の愛を体験します。決してそれを疑う必要はありません」

1976年12月25日　ブリンダーヴァン クリスマスにおける御講話

拙著の目的は本来墓場まで持っていくつもりだった「黒歴史」をつまびらかにすることにより現在、あるいは将来的に自分と同じ過ちを犯す可能性のある方々に解決への道筋のひとつを示すことだ。第一部では大暴走に至る過程と大暴走後に救われるまでを、第二部では帰依後の生活や第一部の舞台裏について述べていく。拙著がたとえひとりの方にでもその助けとなるのであれば幸甚である。

サイババの帰依者の方々にとっては、私の体験談もまた、神の脚本、演出による「この世」という名の神芝居の「神の栄光」の一幕であろう。

実は、本を書くことについてのお導きは10年以上前からいただいていた。しかし、自身の恥をさらすこと、また出版により発生するエゴの増大、在職中に本名でこのような本を出すリスクもあり、還暦で退職するまで保留にしていたのだ。その結果、時間が経ってからの執筆となった。

願わくは拙著が誰も傷つけることがないようにサイババに祈ると共に、一部の固有名詞を変更したり、詳細を割愛したりしていることを了承されたい。

本書に記されている筆者個人の理解やサイババの講話の解釈はすべて筆者本人の経験による知見であり、その内容がサイババの公式な教え及びその解釈と一致している保証はない。筆者による独善的な解釈や他の哲学体系からの知識との混同もあるだろう。もし読者におかれてはサイババの御教えに興味がある場合は、本書の内容は一旦忘れて公式ウェブサイトやサイババ公式書物の内容を正として欲しい。

本書による収益は第二部の付録で記載されているような、心身に障碍を持つ子供たちへの支援に用いることを宣言する。

第一部

〜 青天の霹靂 〜

1993年7月、私は重度の身体障碍者となった女性と結婚した。彼女はアメリカ留学中、車と立ち木の板挟みにされるという大事故に巻き込まれた経験を持つ。信号待ちで歩道にいたところ、そこへ制御を失った車が突っ込んできたのだ。当時、留学先の大学病院には天才級の日本人外科医がおり、奇跡的に一命を取り留めた。2週間にも及ぶ意識不明のあと、目覚めた彼女は両足膝上切断を含む全身骨折、言語野ほか脳への深刻なダメージによる言語障害、および記憶喪失など、受け入れがたい被害を受けた。脳のCT画像を見た実家の地元の理学療法医は「二度と普通の生活はできない」という医学的な宣告を彼女の両親に伝えたそうだ。

事故について知ったのは、私が1年半にわたるパキスタンでの発電所建設の駐在を終えて、アメリカ留学のために日本へ戻ったときのことだった。

その後、3年間に及ぶリハビリテーションに私は積極的に関わった。彼女と私が知り合ったのは、留学支援も行っている英語教育系出版社が運営するサイトだ。そのサイトの仲間たちに呼びかけて分担し、リハビリ用にと彼女の好きなSFの文庫本にルビ振りしてプレゼントしたり、大学院の休みの時期には必ず帰国してリハビリに同行したりした。彼女の努力によって脳機能は医学的常識を超越するような復活をみせ、日本語、そして英語もある程度までは取り戻すことができた。また、私がリハビリに同行した最初の日には私の励ましに応えて、今までできなかった義足での自立が可能となり、その1週間後には松葉杖で少し歩けるようになった。私が心の中で結婚を決意したのはこのときだったと思う。実際に、式を挙げるまでには3年の月日を要した。

結婚式は都内にある家内の出身大学の小聖堂で挙げた。その後の2次会は家内の友人が仕切ってくれたのだが、なぜか地下会場でコンクリの階段を下りなければならなかった。しかも、私は義足を付けた家内をお姫様抱っこして雨に濡れた階段を滑らないように慎重に下りる必要があったのだ。

そのとき、私は下りる途中でバランスを崩し、リカバーできなくなった。転ばずに体勢を立て直すことを諦めた私は家内に怪我をさせないように、うまく尻餅をつくことにした。その瞬間、結婚式を執り行った大学教授兼神父の姿が思い浮かび、神に家内の無事を祈って尻が衝撃を吸収できるようにと重心を移動させた。しかし、なぜか尻餅をつかないのだ。２人分の全体重が尻にかかっているのに、まるで透明な椅子にでも座ったかのような状態となっていた。私はしばし逡巡したのち、思い切ってその透明な椅子らしきものに体重を預け、その反動で姿勢を立て直した。そして、何事もなかったかのように階段を下りて、地下の会場に着いたのだ。これが科学で説明がつかない（少なくとも自分では「偶然」として片付けることができない）物理的現象としての自己最初の経験だった。

結婚後も家内は、両足の痙攣発作や英語能力の低下、主婦としての家事負担の困難さなどで苦しんだが、必死に主婦であろうと努力した。実際に、できる家事は全部自分でこなしていた。その一方で、アメリカ滞在中の7年間は何とかさらなる回復ができないか、家内とドクターショッピングもしていた。ただ、残念ながら医学的には寝たきり状態でないだけで奇跡だと言われ、それ以上の奇跡的回復は見込めなかった。私は医学・科学を超えて何らかの癒しを探しては書籍を読み漁り、試行錯誤を繰り返した。

そういった中で、経験したのが前書きで記した２０００年5月1日の「快感現象」だった。遠方にいる友人のメールを読んでいると突然、胸が「何か」で満たされ、その「何か」が胸から溢れて全身に広がるような感覚に包まれた。その後、３日間にわたり性的絶頂を遥かに上回る快感が全身のすべての細胞を駆け巡った。あまりの快感ゆえに椅子に座っていられず、床に横たわって全身の感覚に浸りながら、這うようにトイレへ行き、どうにか食事を取り、そのまま快感と共に眠り、快感と共に目覚めた。

２日目になってもその快感は続き、ベッドの上で不安を感じていた。

（このままでは人間としてまともな生活ができなくなるのではないか）

そこで、何とかこの快感を止めることができないかと試行錯誤を始めた。すると、3日目には自分の意志で停止・再開ができるようになった。また、感覚にも慣れてきたのか、快感が日常生活の妨げにならない程度に弱くなっていた。もしくは、快感の程度と量を調節できるようになっていたのかもしれない。

この快感現象をどうにか有効活用できないか、その使い道として最初に浮かんだのが気功、あるいはヒーリングだった。

（体外にこの「何か」を放出して病気や不定愁訴で苦しんでいる方々を癒せるのではないだろうか？　特に、家内が抱える苦労や痛みの緩和、解放につながるのではないか？）

当時はアメリカのバージニア州北部、ワシントンＤＣの郊外で在宅勤務をしており、時間があった。だが、在留期限が迫り1年以内に自宅を売り払い出国しなければならなかったため、その時点でできることはすべて試すことにした。

まず、職業別電話帳でヒーラーを探してＲｅｉｋｉ[1]（日本の霊気がハワイ経由で世界に広がり、日本の霊気団体の管理の及ばない形で拡散して、本家とはまったく別物となっている。日本の霊気団体と異なることを示すためにＲｅ・ｉ・ｋ・ｉと呼ぶ）マスターという方に事情を話したところ、すぐに事務所兼自宅に招待された。その方の事務所には幾多の水晶が置かれており、まるで結界を張っているようだった。その結界内に入った途端、自分の10本の指先全部から「気」のような何かが出ていく強い感覚があった。件のＲｅｉｋｉマスターにははっきりとそれが光として見えていて、光が窓を突き抜けて外にまで続いていたそうだ。

彼女曰く、私は珍しい「天然物」のヒーラーだということだった。当時、アメリカのスピリチュアル界はニューエイジと呼ばれ、大いに盛り上がっていた。その中でヒーラー養成学校を経営していたバーバラ・ブレナンという有名な人物がいたのだが、彼女はそのバーバラの著書などを紹介してくれた。それらは眼に見えない体やヒーリングの「理」についての説明本だったのだが、私は「気」を出せるだけで何も見えたり聞こえたりするわけではない。そのため、その内容が正しいとも正しくないとも判断がつかなかった。

さらに、彼女の知人にジェリーという人物がいた。ジェリーはアメリカのパワースポットでもあるセドナにピラミッドを建て、その中で音楽療法プログラムを運営している神秘家だという。その彼を訪ねてプログラムを受けることを勧められた。

私は何らかの方法でこの「理」を知覚することが次のステップだと考えた。幸いなことに、本で読んだことがあるエドガー・ケイシー（眠れる予言者）の本部やロバート・モンロー（体外離脱冒険者[2]）の研究所が同じバージニア州内にあったので、提供されているプログラム（ケイシー流オイルマッサージ教室、インド流マッサージ教室、体外離脱体験キャンプなど）を受講した。

また、職業別電話帳で探しては前世療法や地元のＲＯＬＦ（アイダ・ロルフ女史が開発した筋膜リリースによる整体）、クンダリニーヨガ、血液1滴の顕微鏡観察から推奨されるサプリの摂取、大腸洗浄など手当たり次第に試した。食事も大幅に変わり、90kg近くあった体重を1年間で60kg近くまで落とすことができた。家内の希望があって一緒にできるようなものは一緒に試したり、エドガー・ケイシー流マッサージやエドガー・ケイシーのデータベース検索で、家内と同じような症状に対する食事療法が記録されていないかどうかを調査したりと、無謀かつ無鉄砲にやれることは何でもやったものだった。

最初のモンロー研究所での体外離脱体験キャンプでは、同時に受講した方の中に超感覚が優れた方が多数おり、何も見えない・聞こえない・わからない自分の才能のなさに失望しかけた。学生時代から芸術や感覚的なものについて、どの学年においてもクラスでワースト1、2を争うほど劣っていた私にはつらい現実だった。当時は芸術的な才能がある方は脳裏に絵を描くことができ、音楽的な才能がある方は脳裏で旋律を聴くことができるケースが多いことなども知らなかった。

このプログラムでは全員が個室のベッドで、ヘッドフォンから特殊な音楽テープを聴きながら全身を弛緩させていく。音楽テープは左右の音の周波数差で発生するうなり効果を用いて、脳波を特定の脳波パターンに誘導するものだった。あるセッションで突然、参加者のひとりの顔が脳裏に浮かび、

「ハロー、タカシ」

と呼ぶ声が聞こえた。

反射的に彼女に向かって、

「ハロー、ラーラ」

と心の中で返事をした。

セッションが終わって集合場所に戻った私はラーラと抱き合って喜んだ。話を聞くと彼女の脳裏では毎回すべての人の様子が視えていて、毎回全員に呼びかけていたとのこと。返事どころか誰にも気付いてもらえなかったのだが、ついに呼びかけに応えたのが私だったそうだ！

結局、このときの受講で特筆すべき体験はこの件のみだったが、自信を持つことができた。再現性がなく、機械の力に頼った結果であったとしても、私にも直接体験として視覚付きのテレパシーなるものの存在が確認できたからである。モンロー研究所のプログラムはその後2回受けて、さまざまな小さな経験と多数の「同好の士」との知己を得た。その中には主催者側のゲスト講師として参加したジョゼフ・マクモニーグルもいた。彼は日本のテレビ特番でもリモートヴューイング(3)能力者として取り上げられており、陸軍情報部勤務時代は体外離脱してスパイ活動をしていたという。ちなみに、彼はロバート・モンローの義娘と結婚していた。

3回目のプログラムの講師は心理学者として成功していた人物だった。彼は自らが絶大な信頼を寄せ、困ったときに必ず頼る霊能者について紹介してくれた。その霊能者は電話でカウンセリングをするのだが、お金や評判よりも自らの正確度に重きを置く人で、客を選ぶために空きがあっても申し込みを断ることが多いのだそうだ。普段の予約待ちは数か月単位とのことだった。講師は誠実な人柄だったし、また気になることもあったので、予約を申し込むことにした。すると、直前にキャンセルが出たということで1か月後に予約が取れたのだった。

ただ、電話カウンセリングは想定外の結果となった。私が聞きたい質問や依頼はことごとく却下された。

「こだわるなら、ここで電話を切って料金を返金する」

要は、彼女には伝えるべきことが別にあってそれを話すのであればこのまま続けると言われたのだ。お金はたいした額でもないので、私は彼女が何を言いたいのか聞くことにした。

「音楽！　があなたにとって一番重要である。それなしではあなたの人生は成就せず、意味のないものになる」

私は頭を抱えた。何せ物心つくころからの音痴だったからだ。私が歌えば、皆が笑ったものだ。音楽の授業は苦痛以外の何ものでもなく、楽器（手先が不器用でリズム感も壊滅的だった）を含めて実技は最低点だった。そのため、必死に学科試験で高得点を取って内申点に響かないようにしていた苦い記憶がある。高校で芸術が選択科目となり、音楽を選択せず済むようになると心の底から人生が明るく感じたものだ。そもそも海外でプラントを建設する会社に就職したのも、カラオケ文化から遠くに離れたかったからだった。そのために、英語はおろか日本語も舌足らずで発音がおかしいと言われた自分が真摯に英会話を学んだのだ。ただカラオケで歌わされるというシチュエーションを回避するために、私は死んでも日本には戻りたくないと思っていた

(もちろん、海外では簡単に広い家に住めるし、西洋人は自分の気質に合って付き合いやすいという理由もあったが)。

絶望的な声で抗議すると、彼女はさらに説明した。

「他にいい言葉がないため、音楽という言葉を使ったのだが、実際にはリズムや旋律が主であり、一番重要なのは必ずしも歌ではない」

彼女曰く、彼女が受け取るのはシンボルだったり図形だったりさまざまで、それを彼女なりに解釈するのだそうだ。意味不明のシンボルが来たときには、そのシンボルの説明を望み、その意味を複数の翻訳可能なシンボルの組み合わせとして受け取るため、彼女側での負担が結構大きいらしい。それゆえに仕事の量を絞らないと体がきつく、予約待ちが数か月になるとのことだった。

「とりあえず、いろいろな音楽を聴いて自分が気になる曲を繰り返し聴いてはどうか？」

そのあと、彼女はついでのように、

「あなたはエジプトのピラミッドに興味があるようだが、あなたに関わるのはチベットだ。チベットに行くと、宇宙からエネルギーを受けて、この地球の中心に流すような機械がある。そこに2001年の冬至の日に行くといい」

とも言った。途方もない話だった。私はアメリカを引き払ったあと、カナダに移住する予定だった。アメリカ出国からカナダ入国までの間に時間があり、その年の冬至の日にはエジプトのカフラー王のピラミッドの中で瞑想する予定を立てていて、すでにカイロのホテルまで予約していたのだ。

その後、そんな馬鹿なとは思ったものの、話の種にでも行くべきかと考え直し、予定をチベット旅行へと変えることにした。チベット山奥の洞窟で瞑想するくらいのことはできるだろうと思ったし、後述するが、あとからチベットに行く理由も増えてしまったのだ。

ちなみに、モンロー研究所での3回目のプログラム受講のときには、ある黒人女性が突然近付いてきて耳元で私に囁いた。

「あなたの未来のヴィジョンが見えたの。あなたはあたかもイエスのように街から街へ帰依者の一団と共に布教に歩いていたのよ」

「はぁ？」

この突発的な会話がのちの大暴走の引き金のひとつとなったのだが、この言葉の背景にあるものや今後の経験にどう影響を与えるかの「理」を理解するのには数年かかった。そして、その理解が不十分であったことがわかるにはさらに10年を要した。

このアメリカにいる間のモンロー研究所、および関係者との経験は自分の世界観に大きな影響を与えた。何も見えない・聞こえない・わからない、のは自分に才能がないからではなく、

（むしろ私の内面に障害があるために本来誰にでもある才能が発揮できていない）と考えるようになったのだ。つまり、自分の内面を探る旅に出て、過去、あるいは必要なら過去世のトラウマやカルマ（業）を消去する必要があると判断したのだ。

私はその年の夏に予約したセドナでの神秘家によるプログラム受講にも大いに期待していた。

セドナのピラミッドは高さ10m程度で、軽量鉄骨を三角形に組んだパネルを組み合わせてできていた。建築に興味がある方なら、

〈ダイマクションハウス工法で建てた四角錐の仮設建造物〉

でイメージが湧くだろうか。中には畳2枚分の床のある鳥かごのような構造物が宙に浮かぶように設置されており、その鳥かご全体が回転する仕組みとなっていた。プ

ログラムはこの鳥かごの中で、回転しながらいろいろなハードビートの音楽を全身で聴いたり（振動により動脈内の詰まりが溶けるなどの効果もあるらしい）、プログラム主の神秘家ジェリーと向き合ってお互いの目を見つめながら長時間、瞑想姿勢を維持したり（背中と腰が痛み、ひどく苦痛だった）、セドナで開業している他の霊能系カウンセラーやスピリチュアル系療法家のセッションを受けたりという内容だった。

ジェリーは瞑想中のインスピレーションを活かし、ピザが早く焼けるオーブンや、少ない塗料でもその一部が車体に融合するような塗装技術などを開発した発明者でもあった。しかし、ビジネスの世界が苦手で、またその発明が常識外だったために、特許独占使用の契約を結んだ相手に技術ごと握りつぶされたというような話もしていた。

「鳥かご」装置の回転機構にもその技術が使われているとのことだった。また、彼は脳裏だけでなく視界の中でいろいろなエネルギー、俗にオーラと呼ばれるものも視えているらしく、受講者のオーラの色、大きさ、クリスマスツリーのような輝きなどを観察しながらプログラムを進めるのだそうだ。受講前と受講後にオーラ写真なるものを見せてもらったが、受講後の写真にあったオーラの色と大きさは彼があらかじめ視て私に伝えたとおりのものだった。

私はとても満足した。計測制御を生業としていた者として、オーラ写真には興味があり、その後、オーラの動画撮影装置を100万円ほどで購入してそれはもうおもちゃのように使っていた。後述するが、この装置はサイババにより破棄させられた。

すべてのプログラムが終わって感じたのは、体の中に流れるエネルギーのような「何か」の感覚が研ぎ澄まされたように変わったこと、体外の「何か」に対する感覚ができたことだった。例えば、物にオーラがあるとすればそのオーラに触れるとわかるし、自分のオーラに誰かが触れるとわかるときもあった。水晶が何かを「放出」しているとその「何か」を感じて発生源の水晶を探し当てることができるようにもなった。また、瞑想時には自分が避雷針のように天から地に「何か」を流す意識を持つと、まるで滝行をしているかのように頭頂から「何か」が叩きつけられ体内を通過していく流れを感じた。誤解を恐れずに言えば、霊的な意味で視覚も聴覚も味覚も直観も得られなかったが、触覚が使い物になる程度には開発されたのだった。同時に、この「何か」のエネルギーの受け入れと放出の量、質が大きく変わった気がした。

プログラム終了後にはジェリーと車でセドナの山に上り、見晴し台から景色を満喫した。

そこで山々の稜線から青色と緑色の2層のオーラのような「何か」が視えた。彼も同じものを視ていた。実は行きの車中でも不思議なものを視ている。車中から見えた岩棚の側面、10ｍほどの横長の長方形な部分が、まるでカーテンを開けているかのように岩の色から透明性の高いオレンジ色へと少しずつ変わり、その後、同じようにもとの岩の色に戻っていったのだ。秘密基地か船の偽装のようだった。寄り道してその岩棚の上を跳ねたり叩いたりしたが異常はなかった。ただし、その岩棚の上だけ周囲温度が明らかに低かった。これが科学で説明がつかない物理的現象としては自己2番目の経験だった。

以降は努力すれば、人や物のオーラのようなものが色なしならば20回に1回、色付きならば１０００回に1回くらいの頻度で視えることを確認した。しかし、霊的な意味で視覚として使い物になるレベルではなかった。

現在の私はオーラなるものやチャクラの状態を知ることに何の意味もないことを

知っている。ちなみに、以前も当時も、そして今も私は幽霊を視たことがないし、視たいと思ったこともない。ただし、すべての霊能力を封印、あるいは破棄させてもらった現在においても幽霊?の存在を感じることはある。

このセドナ旅行では、予言で有名なホピ族のもとへも訪問したいと思っていた。エドガー・ケイシー協会を訪れてケイシーの予言などについては一通り知ったつもりでいたので、ホピの予言についての知識欲も満たしておきたかったのだ。ジェリーは白人とアメリカインディアンのハーフであるガイドを紹介してくれた。ガイドはホピの若いシャーマンの名付け親であり、そのシャーマンの家をしばしば訪問しているとのことだった。良きガイドの助けで第一メサと呼ばれる村のシャーマンを訪ね、ホピ流の儀式を受けた。その後、ホピの予言について私の独自解釈をシャーマンに話したところ、彼女はショックで言葉をなくしてしまった。ガイドが彼女を落ち着かせて話をしたところ、ホピ族の中で外には話していない予言があり、それが私の解釈とほぼ同じらしいのだ。急遽、彼女は我々を第一メサの長の家に案内した。

当時の第一メサの長は白髪の60代くらいの落ち着いた方で、私たちがアポなしで訪れたときには手動の機織り機で布を織っていた。彼は私の解釈や素性については何もわからないが、第二メサの「熊」士族の長ならば何かわかるかもしれないと言った。しかし、件の「熊」の長は長期不在中ということで、その場では予言の解釈云々については お流れとなった。

これらの体験で自分の前進を実感した私はできればアメリカにもう少し滞在できないかと考えて、エドガー・ケイシー協会のマッサージ学校に入り、留学ビザに切り替えることを計画した。そして、入学前にさまざまなマッサージの短期コースを受けた。その中に筋膜リリースマッサージ（Heller Work）のコースがあり、日程の関係で前半をバージニア州で、後半をミシガン州デトロイトで受けることにした。自分以外は全員プロの資格を持つマッサージ師が受講者なのだが、日本人でいろいろなマッサージコースを受講していて、かつ指圧に覚えのある私はすんなりと受講を認められた。

セミナーでは技術を学ぶと同時に受講生同士がお互いの筋膜リリース施術の実験台になった。実技中に時間が余ると、その時々のパートナーにヒーリングをすることにした。講師は何も言わなかったし、皆喜んでヒーリングを受けてくれて、評判となった。

特に、後半のデトロイトでのコースでは若いマッサージセラピストが多かったのだが、このときには相手のどこをヒーリングすべきか自分の体の反射でわかるようになっていたため、クラス内で希望者が増えた。

「今晩泊まるところが決まっていないなら、家に来て泊まって」

と突然のモテ期が来たほどだった。ホテルも取っていて飛行機予約も変更できないため、もったいないとは思ったもののすべてお断りした。デトロイト市内でわけのわからないところに連れ回されたくないという思いもあった。2日コースの終わりごろ、一番若い女性にアピールされたことには心底驚いたものだった。私のマッサージ台の隣の台にこちら向きで座ると、ブラジャーだけの上半身でそのブラジャーの片側の紐をわざと肩より下にずらし、その状態で施術を受けるというアピールをしてきたのだ。私は日本人の視点でも西洋人の視点でも平均よりかなり下の容姿だ。まさか自分よりふた回り近く年が離れているだろうグラマー美人から、こんなアプローチを受けるとは思ってもみなかった。もしも、私が帰りの飛行機のチケットを犠牲にして彼女に

「お持ち帰り」された場合、その体験が呼び水となって、のちの大暴走の最中にサイババに拾ってもらえる最低条件すら失うことをしでかしていただろう。

（1）Ｒｅｉｋｉ：海外では医療保険が適用される国もあり、医療現場で実践されている。アメリカ国立補完代替医療センター（ＮＣＣＡＭ）では正式に代替医療として認定されている。
（2）体外離脱：自分の肉体から抜け出た世界を体験すること。幽体離脱。
（3）リモートヴューイング：視野に入らないものや視覚で確認できないものを直感やイメージで正確に判別する能力のこと。遠隔透視や千里眼とも表現する。

〜 一時帰国 〜

もともと私は日本に戻るつもりはなかった。そのため、アメリカの永住権が取れず、また就労ビザが切れることが確定した時点で実はカナダの永住権を申請していたのだ。ただ、その取得に時間がかかりすぎてしまい、結果的にアメリカにもカナダにもいられない期間ができてしまった。それで一時的に日本へ帰国することになったのだった。2001年の春、帰国した私はカナダに移住するまでの間、家内の実家で居候することになった。その年の冬至の日にチベットのどこに行くかもわからないまま観光ガイドを手に取ると、そこにはとても気になる山の写真があった。チベットの中でも行きづらい秘境の中の秘境のようなその山はカイラーサ山だった。一般の観光客は入域禁止だが抜け道があり、バックパッカーはヒッチハイクで付近の村まで行き、そこで不法侵入者として出頭するらしい。そうすると罰金を科せられる代わりに、滞在許可証をもらえるからだ。インドからなら巡礼者が入域できるようだが、日本人には難しそうだった。当時、私はこの山こそがシヴァ神(1)がお住まいになる山として崇められていることを知らなかった。インド哲学にもヒンドゥー教にも興味がなかったからだ。（この山にあるというチベット仏教の寺（ゴンパ）で冬至の日に瞑想したら電話カウンセリングの霊能者のお告げどおりになるのだろうか、それとも別の場所だろうか）

くらいにしか考えていなかった。

半年以上時間があるので、体力をつけるためにヨガや運動をしながら過ごしていたが、この機会に国内の著名な霊場や修験場を巡ってみることにした。そこで真言宗の聖地である高野山と役小角が修行したという大峰山に行くことにした。

高野山ではたまたまお世話になった宿坊の住職が当時、高野山の管長を務めておられた。お忙しいはずなのに宿泊客ひとりひとりに声をかけてくださり、私にはお遍路を勧められた。お遍路とは弘法大師空海が四国1周の巡行をしてお寺を建立した道筋を辿ることで、歩いて辿ると6週間くらいかかる。チベットの山歩きのための準備としてはとても良さそうなので、大峰山へ行ったあとでお遍路をすることにした。

その後、大峰山へ行くにあたって登山前日にふもとの土産物店そばの不動尊をお参りした。その際、チベットでの願望成就を祈ったのだが、すぐに片足の膝裏に鋭い痛みが走り、普通には歩けなくなってしまった。前日に高野山の女人道を1周したので疲れがたまったのかと思ったのだが、そばの土産物店で話をすると、よく試練を与えてくれる霊験あらたかな不動様ということで地元では有名なのだそうだ。一晩寝るとほぼ良くなったので翌日、小雨模様の中、大峰山に日帰り登山をした。だが、だんだんと痛みがひどくなっていき、片足を引きずるように長時間かけて登頂することになった。山頂のお寺で杖を買うと痛む片足に負荷をかけないよう、激痛に耐えながら雨の中、下山することとなった。往復4時間半と言われる道のりを12時間ほどかけてなんとか宿に戻ったのだが、宿の女将は遭難の可能性まで考えていたらしい。途中の行場では行もしたので、本当に遭難していてもおかしくない無謀な登山であった。ただ、私にとっては何があってもやり遂げるための自信が芽生えた経験でもあった。

後日、膝をＭＲＩで調べたが、骨、筋肉、腱ともに正常だった。それでも痛みがなくなるまで数週かかった。その後、居候先の家内の実家の周りでお遍路の練習として毎日30㎞ほど歩いて、足に不安がなくなった8月1日から四国でお遍路を始めた。

お遍路、特に歩き遍路は急がないほうが良い旅だが、やはり気は急いた。お遍路同士で一緒に歩いたり、反対方向に回っている方とだべったり、職業遍路と呼ばれている方に話を聞いたり、道で呼び止められて果物や野菜をもらったり、動けないという方の代わりに5円玉を預かって納経したりの遍路だった。このように人と触れ合う中で心のわだかまりを溶かしていくことが本来、遍路の効果なのではないかと実感した。私の場合、歩けないから代わりにとお参りを頼まれた方にヒーリングをさせてもらったり、霊的に重い目的を持ち、ごみ箱から拾った地図にサンダルで歩き始めたばかりという女性と宿で遅くまで話し込んだりと、他人の霊的な人生の一端に触れることが多々あった。高知の山で足を痛めて立ち往生していたときに軽トラックの方が近くの診療所まで連れて行ってくれたり（2泊休んだら足は全快した）、5日間で88寺を1周するペースですでに100周以上している方に、一番距離の長い難所を車で抜けさせてもらったり、道で出会ったスペイン人バックパッカーがお世話になっているという家で台風をやり過ごしたりして、他人の人生に興味を持つようになった6週間でもあった。それまでは自分の人生にしか興味がなかったのだ。また、霊的なものを求めて道を歩むいろいろな日本の方と触れ合うことで、自らの視野が広がったようにも感じた。足を痛めたらそれによって得る出会いと経験があり、また足の負傷により完全なる歩き遍路を諦めたときには車に乗せてもらうことでつながる縁もあったのだ。

良い話ではないのだが、実は自らの意志で天気に介入する実験にも成功していた。終日大雨という予報の日に願をかけたのだ。

（自分は1日雨に濡れない）

その日は厚い黒雲がかかり、終日雨模様だったが、自分が歩いている場所・時間においてはどこにも雨が降らなかった。夜のニュースでは各地で強い雨が降った日だった。私は限界を超えた事象を引き起こし、自分を助けてくれる目に見えない存在があることを経験知として学んだ。ゲームで例えるなら特別なスキルを身に付け始めたような感覚だろうか。自分が常人ではなくなった気がして誇らしかった。

9月11日、88番のお寺をお参りした日の夜にニューヨークであの航空機テロが起きた。そのことを知ったのは88番から1番に戻る途中のレストランにいたときだった。この事件が世界に、そして自分にどのような変化を与えるかを漫然と考えながら1番のお寺に戻り、その後、高野山にお礼参拝をして私のお遍路旅は終了した。同じ宿坊に泊まってお遍路を完了したことを高野山管長の住職に報告すると、次の朝の勤行は宿泊者としてではなく、僧侶の列に交じってつたない般若心経を唱える経験をさせてもらった。なんとなく面映ゆく、かつ緊張する経験ではあったが、今考えると自分のエゴが膨らむという副作用もあったと思う。それでも私に必要な経験だと判断されたのだろう。

話は戻るが、台風からの避難の際にお世話になった家では、居候していた日本人の方からヴィパッサナー瞑想[2]を勧められた。京都の山間部に瞑想センターがあるということで、チベットへ向かう出国前に11日間コースを受講することができた。

ヴィパッサナー瞑想は予備知識なしで受講するほうがより効果が高いとされている。そのため、ここではその内容についてはあえて触れないことにする。最終日前日の講話でヴィパッサナー瞑想が（あるいは釈尊が）なぜこのようなプログラムを作り、なぜそれが劇的な効果を上げうるのか自らの実体験で深く納得し、喜びの涙を流したのを覚えている。ある晩、寝ているうちに頭頂部に消防車のホースのようなものを取り付けられて、そこから何かが流し込まれたような感覚を抱いた。さらに、くしゃみをしそうになって胸が痙攣し始めた。すると胃の上を軽く押された感覚があり、そのあとにはくしゃみも痙攣も収まっていた。この神秘体験をした次の日から長時間、姿勢を固定した瞑想による体中の痛みが劇的に緩和された。それ以降も長時間の瞑想に耐えられる体になったことがわかり、私は目に見えない存在が自分を助けてくれたことを実感した。「体の痛みにより長時間、背筋を伸ばした姿勢が維持できない」というセドナで気が付いた自分の障害が大幅に緩和されたのだ。

ヴィパッサナー瞑想コース終了後の雑談でおすすめされた図書には、神智学[3]系分派の創始者であるイギリス人の芸術家が書いた本があり、それを読み始めた。読みやすい本で、さらに神智学（ヘレナ・P・ブラヴァツキー、アリス・ベイリー）の難解な本にも挑戦することにした。よくわからないチベットをいきなり目指すよりも、インドのニューデリーにあるチベット亡命政府の大使館のような役割もする宗教施設チベットハウス（Tibet House）を訪問するようにとも勧められた。

このころの私は（ほとんど）視えない、聞こえない、わからないだったので、

『犬も歩けば棒に当たる』

を行動規範にしていた。もし私が目指していることが正しいのであれば必ず何らかのお導きがあるだろうとすがって、その時その時の縁の導きで次の行動を決めていたのだ。そして、現在においても、私は国内外を問わず旅先でさまざまな仏縁や神縁に恵まれることが多い。

（1）シヴァ神：インドの三大神様のひとり。2つの側面を持っている神様で「創造と破壊の神様」としても知られている。

（2）ヴィパッサナー瞑想：ヴィパッサナーとは「ものごとをありのままに見る」という意味で、インドのもっとも古い瞑想法のひとつ。

（3）神智学：人間に神秘的な霊智があり、神秘的直観によって神の啓示に触れようとする

信仰や思想のこと。

～ レインボーマン ～

２００1年11月、私はニューデリーのチベットハウスを訪れていた。目的はチベットでの訪問先などのヒントと助言を得ることだった。比較的簡単に責任者のひとりであるチベット高僧と会うことができた。その場で勧められたのはまもなく始まる1週間のチベット仏教セミナーへの参加だった。目的の冬至の日まで時間があるので興味深く参加することにした。宿泊施設としては、インドの著名な聖者のひとりであるシュリ・オーロビンドのアシュラム[1]（僧院）を紹介された。私は毎日オートリキシャ（軽自動車より小さい3輪タクシー）でアシュラムからチベットハウスまで通うこととなった。

セミナー初日、同様に受講していた北欧出身の尼僧と知己となった。チベット仏教の海外拠点はインド以外にヨーロッパや北米などがあり、ニューデリーではヨーロッパ出身の尼僧のグループが活動していたのだ。彼女と話すとアシュラムとチベットハウスの中間に住まいがあるので、行き帰りのオートリキシャに同乗したいとのこと。他に話し相手がいるわけでもないので喜んで受け入れた。ヒーリングの話をするといろいろな体の不調があるようで、彼女に試すことになった。当時の私のヒーリング手法は、トム・ハンクスの映画『グリーンマイル』に出てくる死刑囚ジョン・コーフィが行っていた奇跡を模倣したスタイルとなっていた。映画のようにキスはせず、手を肩や体に置くだけなのだが、これが一番即効性のあるやり方で、結果を求めた私のメインの手法となっていたのだ。その後、彼女から他の西洋人尼僧を紹介してもらい、希望者にはヒーリングをさせてもらった。また、彼女が担当している富裕層の檀家のおばあちゃんが原因不明の苦痛で長期間苦しんでいるとのことで、その家を訪れてヒーリングをしたこともあった。すると、痛みを訴える部位が私の手を避けるようにあちこちに移動したのだった。そのときに初めて自分の中で直観が働いた。

（この人は自らの意志で幽体を体に閉じ込めているのではないか？）

その場にいたお孫さんを通じて話を聞くと、おばあちゃんのご主人が突然お亡くなりになり、たいへん悲しまれたこと、そしてこの痛みが始まったのもだいたい同じ時期だったことがわかった。

「亡くなったご主人に対して、おばあちゃんが強くこの世にとどまってほしいと思っていないか？」

と聞いたら、

「当たり前でしょう。私をひとり置いて先に行くなんて！」

と強い口調でおばあちゃんが返事をした。

「おばあちゃんの痛みはおばあちゃんの強い想いによっておじいちゃんの幽体、あるいは幽霊が体に閉じこめられていて、それが何とかして体から出ようとしているから起きているのだと思う。おじいちゃんを手放して成仏させることを祈れば、この痛みはなくなると思う」

私の言葉を聞いたおばあちゃんはショックでしばらく放心していたが理解してもらえたようで、数日後には痛みが劇的に弱くなったとのことだった。インド人の信仰心はいまだに根深いものがあり、グル[2]と呼ばれる指導者やサドゥー[3]と呼ばれる遊行者も多い。その土地柄から私はこの家の人にはヒーラーの実力者としてみなされることになり、必要に応じて呼ばれるようになった。私は半年間の努力が目に見える形で実を結んでいるように思い、こそばゆいような気分だった。

コース終了後に面会したチベットハウスの高僧はチベットに行くなら訪れるべきだという寺院をいくつか教えてくれて、そこで仏の導きを得ることを勧めてくれた。あとで調べると有名処の寺院だった。アシュラムにとどまった私は近くの本屋で偶然入手した神智学の超難解な本を読もうとして2ページで挫折したり、近場の観光をしたりしながら、次のお導きの縁を待つことにした。チベットにはネパール経由で入る予定だったので何もなければネパール行きの航空券を買うつもりだった。

ある日の朝、インド人の青年から声をかけられた。彼はこのアシュラムで英語と劇を教える教師だという。おひとり様で長期滞在していた私に興味を持ったようだった。

彼にヒーリングをするといろいろと「何か」が体内に流れるのを強く感じたようで、話が合い、すぐに友達になった。そして、彼のクラスにいる2人のろうあ者の耳にヒーリングをしないかと尋ねてきた。

アシュラムは高校卒業生を研修生として受け入れており、インド全国から選ばれた若者に交通費まで支給している。衣食住を保証して毎日一定時間学問や職業訓練、そして霊性修行を施していた。ただその一方で、わずかな賃金で調理・清掃などのアシュラム運営の仕事をさせており、結構な激務となるようだった。よく考えられているシステムだと感心したものだ。

結局、ろうあ者2人と手話通訳役の研修生1人、合わせて3人と知り合うことになった。通訳役の研修生とはいろいろと語り合う時間もあった。ヒーリングの結果は、

「少しだけ聞きやすくなったように思うが、翌日にはもとに戻ってしまった」

というものだった。

詳しく聞くと彼らは完全に聴力がないわけではなく、ひどい難聴とのことだった。当時のインドでは急速な経済発展が始まったばかりで、貧困層では補聴器は手に入るものではなかった。ただ、難聴なら補聴器をプレゼントすれば聴こえるようになるかもしれない。そう思った私はアシュラムから彼らの外出許可を取り、補聴器専門店まで同行した。補聴器をプレゼントし、彼らが聴覚を取り戻すお手伝いをしたのだ。この経験によってヒーリングは現代医学や現代科学で対処できない症例のほうが有効なのではないかと考えるようになった。現代医学や現代科学で対処できるケースには出番はないのだろうと、マッサージや栄養サプリメント、さらには催眠療法などと組み合わせるのが正解だと考えるようになった。

若い教師の彼と友達になってからは、彼のいろいろな人生相談を受けた。彼は芸術家として高い素養や興味を持っているのだが、芸術家としての人生を歩めないことに深い葛藤を抱えていた。そのうち、一緒に彼の実家に帰ってディワリを祝わないかと誘われた。インドのディワリとは、皆が実家に帰省し祝う大きなお祭りのこと。日本で言うお盆のようなものだ。なんでも彼の父親は政府に助言することもある地元名士の学者で、彼は6人の兄弟姉妹の長男だとのことだった。実家は3本の聖河が集まるヒンドゥー教の聖地サンガムがある大都市にあるのだそうだ。釈尊が悟りを開いたサールナートやネパールへ行く表玄関、聖地でもあるバラナシにも近い。方角が合うため、また彼の実家も私を歓迎すると言ってくれたのでそこを次の目的地とすることにした。

日本であればお盆に外国人を連れてきたようなものなのだが、家が招いた正式なお客として歓迎してくれた。彼は父親との折り合いが悪かったのだが、父親は彼の将来を心配しており、私に強い興味を持っていたのだ。あとからいろいろと相談を受けていたのだが、最後に笑いながら目と目を合わせたとき、父親自身も強い霊的な力を持っていることを思い知らされた。そのあとはほぼ一家全員にヒーリングの実演をしたり、ガンジス川の聖地サンガムで沐浴したりして過ごした。付近のクリヤヨガの聖者のアシュラムを訪ねたときなどは、件の聖者にそこで数か月間修行するように言われて丁重にお断りすることもあった。

また、一家の故郷の農村で数日過ごす時間もあったのだが、故郷の村から戻る車中でひとりの男性を紹介された。この家は自らがブラーミン（僧侶階級）でありながら、専属の占星術師を雇っていた。家の儀式を司るとともに、子供の結婚相手を決めるときなど重要な決定事項の最終チェック担当者をしており、彼のご託宣は役に立つことが多いとのことだった。ただし、未婚の娘2人には疎まれていた。自分の結婚相手の選択に強い介入をするのだから日本人として気持ちはよくわかる。

父親は彼に私の人物鑑定をさせるため、サプライズで連れてきたのであった。占星術師は英語を話さないので、父親に通訳してもらいながら彼の人物鑑定を聞いた。別段悪いことは言われず、むしろ将来は聖者のひとりといったことを言われたときに自分の胃のあたり、俗にいう第3チャクラに、まるで車のバッテリーの充電ケーブルがつなげられて「何か」を吸い取られるような感覚がした。そのとき、この人物はアカシックレコードを読んだり、神に聞いたりするのではなく、私の中の「何か」にアクセスして情報を集めているのではないかと思った。そして、その考えが正しいかどうか試してみることにした。

私の寿命を見てもらうようお願いして、父親に同時通訳のように結果をすぐに伝え

てもらうことにした。私は100歳↓200歳↓無限というようにどんどん自分の寿命を延ばして意識した。すると彼も、

「100歳、200歳、あなたが望む長さまで生きる」

と答えたのだ。驚き、なかば呆れながら通訳している父親に私の感じたことと今のトリックについて説明した。

「この占星術師は悪意を隠して近づいてくる人間の悪意を読み取ることができるが、表面意識に嘘でも善意の思考を維持すると騙すことが可能だ」

父親はしばらく目を閉じ、思いを巡らせているようだった。その後、強く握手を求めてきて感謝された。私は父親の人物試験に予想外のレベルで合格したようだった。この訪問での経験は、自分の自信をさらに強めることとなった。

一方で、「理」の探求については今まで読んだ、あるいは少しかじったどのような

理論もモデルも自分の体験をうまく説明できるものではないと感じていた。ただし、「難解」という言葉が可愛く思えるほどに意味不明なアリス・ベイリーの神智学本を理解できれば、答えが見つかるような気がしていた。

私はサールナートなどの観光をしたあと、ネパールに向かった。ネパールでチベット行きの航空券とチベット入域許可証を手配するつもりだった。

ネパールではチベット行きが実現するまでの手続きを含めて待ち時間が発生することになった。ネパールの旅行社から、チベットの当局に申請して実際に入域許可を得るまでに1週間かかると言われてしまったのだ。私はこの待ち時間でトレッキングをすることにした。チベット行きに備えて高地順応トレーニングをしておきたかったし、ネパール側からエヴェレストを見たいという思いもあった。往復1週間ほどの計画で、エヴェレストに向かう道筋にあるナムチェバザールという街のその次にあるチベット寺院を目標とした。そのときに雇ったネパール人ガイドにヒーリングを教えるとすぐにヒーリング能力を身に付けたのに驚いたり、夜中に目が覚めて寝返りを打つときに指が毛布にあたると同時に白い三角形の光が指から発射されたり、あちこちで瞑想しては滝行のように頭頂から降り注がれるエネルギーを地球の中心に流したりしながら、ヒマラヤトレッキングの1週間を過ごした。高山病らしき症状は一切なかった。当時、ネパールでは王室で凄惨な殺人事件が起きたり、自分が短期滞在した山中の空港の施設がその後、共産ゲリラによって襲撃されたりと人々の生活は良くなかったと思う。その中で、人々はより仏、あるいは神にすがる生き方に救いを求めていたように感じた。

ネパールの空港でチベットのラサ行きの飛行機を待っているときに、黒い僧服らしきもの（インドの男性用民族衣装であるパジャマクルタにいろいろと装飾が付いていて、それなりに威厳がある修行服のようなもの）に身を包んだ、自分より若い僧形の男性と彼に率いられた観光客の一団とすれ違った。その瞬間、彼はなぜか私を凝視してきた。まるでガンを飛ばされたようだった。もともとチベットに向かう客はとても少なかったこともあり、お互いを意識することが多い旅になった。そして、チベットに向かう飛行機の隣の席にはその彼（のちに再会したときには言葉を交わし、インドネシアの僧だということがわかった）が座っていた。特に話をすることもなかったのだが、離陸してしばらくすると自分の第3チャクラに痛みを感じ、何かを奪われている感じがした。そのチャクラをつないでいたのが隣で目を閉じている彼だったのだ。私は攻撃、あるいは腕試しでもされたのだろうと感じてその接続を通じて反撃のようなことを始めた。基本的には罰を与えるイメージを第3チャクラに集中させて送り込み、さらには接続が切れないようにしたのだ。

しばらくすると隣の彼が汗をかき始め、体調を崩したようだったので、私は機内の離れた席に移動し、彼との縁を切ったつもりになった。

それから飛行機は天候か機体の都合でチベットに行かず、成都に着陸した。翌日、別の大きな飛行機でラサの空港に向かったのだが、ほぼ満席の飛行機で隣の客はやはり黒い僧服の彼だった。私と彼は会話もエネルギー的な交換も何もしなかったのだが、しばらくすると彼は苦しむ様子を見せた。後日、チベットの有名なお寺で偶然再会したとき、彼は怯えた顔をすると、私のことを密教修行者かと聞いてきたのだ。この件は自分の霊能的な立ち位置についてさらに高い自己評価を与えることになった。

実はラサ空港でチベット入域許可証を見せたときにも、一悶着起きそうになった。というのも、ネパールで航空券と共にもらった許可証はファックスの印刷でとても公式のものには見えなかったからだ。受け取ったときにも本当にこれで良いのか不安で問いただしたくらいである。その場で待たされて最後のひとりになったのだが、最終的には入域できた。偽物とみなされた場合は乗ってきた飛行機でそのままネパールに送り返されると本に書いてあったのだが、私は偶然にも成都からの飛行機に乗って入域したためそれもできなかったようだ。あとでラサにいる日本人に聞いたら、ニューヨークのテロ以来、中国政府は外国人のチベット入域をとても厳しくしていたらしい。

（この旅が天、もしくは神智学でいうところの『覚者（マスター：人間転生を卒業して高次存在となったあとも地球にとどまり、後進の指導にあたる存在とされている）』に祝福されて、私をチベットに入域させるために前日のネパールからの飛行機を成都に降りるようにしてくれたのだ）

と意を強くした。

ラサでカイラス山への移動の手配を試みたが、すでに12月に入っていることもあり、雪で道が閉ざされていた。これでは、たとえ違法ヒッチハイクを試みたくてもできない。標高5000m級の峠は1つや2つではない。今現在、行けるとしたらエヴェレストの中国側にあるベースキャンプ近くのロンボク寺院が限界だろう。しかも、いつ降雪で春まで通行止めになるかもわからなかった。そこで、ラサの観光をしつつチベットハウスで推薦された寺院を訪れ、ロンボク寺院往復までの4輪駆動車、ドライバー、ガイド、エヴェレストベースキャンプ付近の洞窟で冬至の前後籠れるように横に伸ばした煙突付きの小型ストーブ（ヤクという地元の動物のフンが燃料）、寝袋、食糧などを仕入れた。

行き道で神智学の『覚者』が居住されているという都市、シガッツエに泊まり郊外を散策したが何もなかった。その後、各地の山や僧院を訪れながら観光半分瞑想半分ではあったが、冬至の数日前には無事ロンボク寺院に到着した。ただ、古の聖者グルリンポッシェが修行したという山中の洞窟に滞在できないか交渉したが、それは断られた。仕方がないので宿坊のような施設を借り、そこで瞑想して冬至の日を迎えることにした。

ところが、その日の夕方になって寺に呼び出された。なんでもその日が寺院の一般開放の最終日らしく近くの村人がいる手前、たとえ遥々日本から修行者が来たとしても断る必要があったとのこと。だが、まもなく降雪で峠が通行不能になるという予報もあって、私たち以外の部外者が山を下り、ここで何をしたとしても噂が広がる心配がなくなった。そういうわけで、一晩だけ件の洞窟に泊まって瞑想することを認めるから、明日には山を下りてほしいと言われたのだ。山の洞窟で瞑想したいのであれば、ラサから見て東側の山には瞑想に向いた洞窟がいくつもあり、雇ったガイドにも心当たりがあるとのことだった。私は決断にあたり、人生で初めてOリングテスト（振り子法）に頼ることにした。

Oリングテストとは本来は心臓や呼吸などの潜在意識による不随意運動を司る脳の部位に自分の腕や手指の動作を委ねるもので、振り子法は振り子の揺れ方でYES／NOの診断をする方法である。自身の欲望やその他の影響で私はまともにこの振り子法の結果に自信が持てなかった。ただ、常に振り子は携帯しており、実はここまでの道すがらでもどこに行くか必要に応じて試してはいたのだ。しかし、その結果に従って何かが大きく変わったという実感はなかった。

振り子法の結果はYESと出た。私はその晩を件の洞窟で過ごさせてもらい、その後、降雪で通行止めになる前に峠を抜けてチベットの東部の山へ行くことにした。その晩の洞窟での瞑想については、ただひたすらにエネルギーを天から地に流したとしか言えない。ナイアガラの滝のような膨大なエネルギーが常に頭頂から地へと流れていた。一緒に洞窟にいた3人の僧のうちの年長者が一度だけ自分の近くにいる気配がした。彼は私がどのような瞑想をしているか確認したようで、翌日ガイドを通じて、

「多量のエネルギーが流れたとても良い瞑想をしていた」

と言われた。

考えてみれば、中国側のエヴェレストベースキャンプのそばで付近数十kmにいる人は僧院関係者のみだったのだ。その晩に自分より標高の高いところにいた人は地球全体でもきわめて数が限られていたはずだ。少なくともネパール側でも中国側でも冬山登山隊が来ているという話は聞かなかった。人の意識、特に我欲に満ちた意識は付近のエネルギー的な何かを重い（波動が低い）ものにするとも言われている。ここには

修行者を除いて人がいないために、空気もそれ以外のエネルギー的なものもきわめて清浄だった。おそらく自分の人生の中でここまで清浄な空気を吸って清浄なエネルギーに浸ったことはなかった。いろいろと感じることができるようになっていた私はその特別な機会を体感して必死にできる役割を、例えるのであれば避雷針のような役割をこなそうとしていたのだ。

用を足すために洞窟を出て、満天の星の下に見える荘厳なエヴェレストの姿を心に焼き付けた。そのときの気圧計付きの腕時計で確認したら０・４気圧より少し高い程度だったので、標高的には５５００ｍほどの場所だったと思う。

ひとつの大きな満足感と共に翌朝を迎えた私は冬至の日を過ごす洞窟を目指して一路東に向かい、無事に雪に閉ざされる前に峠を抜けて標高４０００－４５００ｍの山がある地域へと向かった。

推奨された山の寺院はなんと尼寺だった。付近には地元の男性修行者がひっきりなしに訪れているという瞑想に適した洞窟があり、男子禁制というわけではなかった。

私はその洞窟で12月21日と22日の二晩、瞑想をした。標高が低く、気候が想定外に暖かかったのでストーブは使わなかった。瞑想中はエヴェレストの洞窟と同じくらいエネルギーを感じて地面に流す意識を維持した。ちなみに、疲れたときは寝て、気晴らしにチョコレートを食べていたので決して真面目な瞑想を48時間続けたわけではない。アメリカの霊能者との電話で聞いたような不思議現象は何も起きぬまま私は山を下りた。

ラサまで帰った私は年末までチベットでくつろいでいた。長らく自分の意識の中心にあったゲームのミッション、あるいはクエストのような感覚は12月23日にはなくなっていた。

その後、ネパールで2002年の正月を迎えた。ニューデリーで知己となった西洋人尼僧のグループに誘われて、たまたまニューデリーに来ていたダライラマをあたかも追っかけのように宿泊ホテルで待機して握手してもらい、私の旅は終わった。修行が終わった感じはしなかったが、達成感はあった。後悔せぬようにとできることは全部試みたのだ。

帰国直前、宿泊していたオーロビンドアシュラムの霊廟(4)の屋根の頂上から、まっすぐ天頂に向かってサーチライトのような紫の荘厳な光が伸びているのが見え、感動とともにインドを離れた。

それからは2002年2月にカナダに移住し、そこでエンジニアの仕事を探すつもりだった。

（1）アシュラム：僧院。寄付などで運営されているものも多く、共同生活をしながら修行をする。
（2）グル　：霊的指導者のこと。師、教師、尊敬すべき人物などの意味も持つ。
（3）サドゥー　：ヒンドゥー教の行者で、悟りを得るために世俗を捨て、瞑想や苦行を続ける僧のこと。
（4）霊廟　：偉人や先祖の霊を祀る場所や建造物のこと。

〜 行き当たりばったりの起業 〜

アメリカに住んでいて、まだ霊的な探求はたまに本を読むくらいだったとき、私は印象に残る夢を見た。その夢では自分の霊的な立ち位置と将来の可能性についての客観的な報告文があり、まるでコンピューター画面でテキストが上から下へと高速に流れているのを拾い読みするかのように読んでいた。目が覚めたときにはほとんど何も覚えていなかったが、ひとつの文だけが心に刻み込まれていた。

（カナダの某都市にいけば師に出会える）

当時はアメリカの永住権取得を目指していたが、自分ではどうしようもない外的要因で2回プロセスのやり直しを強いられていた。その夢を見てから、アメリカの査証を切り替えるために一度国外に出る必要があるときは、必ずカナダのその都市で手続きをするようにしていた。最終的にアメリカの永住権を取ることを諦め、カナダの永住権を取るほうへと舵を切った。その手続き中に霊的な探索が始まったため、チベット旅行後はその都市で新生活を始めるつもりだった。

カナダに移民として入国して最初の2か月間は、中心部の月極アパートで高い家賃を払いながら適当なアパート探しと職探しを始めた。職探しのほうはうまくいかなかった。自分の専門のエンジニア職で電話面接までこぎつけたのが1件あるだけだった。

ところで、そのアパートの近所に日本人の夫婦が住んでいて、そのうちお互いに訪問するようになった。奥さんのあおいさんは霊的な興味があったようで、暇だった私が指圧マッサージとヒーリングを、もちろん無償でと提案するとすぐに食いついてきた。あおいさんは今までのどんなプロよりもよく効いたと言ってくれて定期的に施術することになり、口コミで話を広げてくれた。わずか1か月かそこらで私のアパートの部屋には、幅広い年齢層の4人の「顧客」が頻繁に訪れるようになっていたのだ。無料だったのも大きかったのだろう。

指圧＋ヒーリングの合わせ技は単体での療法よりも効果が出ることが確認できた。

— 長年苦しんだ片頭痛が1回の施術で数週間は出なくなる
— 完全ではないが腰痛が劇的に楽になる
— 心が平静になる

人によっては自らの経済的、あるいは人間関係的な赤裸々な相談事（単に聴いてあげるだけで喜ばれる）まで話し始めた。おそらくそれを聴くだけでそれなりの効果があるのだろうと推測していた。

日本に戻っていたときに療法家の本や神智学の本も大量に購入して暇に飽かせて読んでいた。その結果、

（慢性病や体調不良は体のエネルギー的な「何か」や筋肉、筋膜のコリ・しこりをほぐして一時的に効果が出ることもあるが、やがてもとに戻る。なぜならば大本の原因は人の心の中のトラウマや思い込みなどが不健康な生活習慣を送るように仕向け、か

つエネルギー的な「何か」を恒常的に乱すことだからだ）

と考えていた。

つまり、自分が療法家として生きていくのであれば今のままではまったく不十分で、人の心、特に潜在意識に組み込まれてしまった感情的しこりやトラウマを取り除くテクニックが必要だと感じていた。

また、神智学の本の中では創始者ヘレナ・P・ブラヴァツキーの高弟とされるチャールズ・W・レッドビーターの著書が、今までの自分の経験を十分よく説明できていると感じた。～ 一時帰国 ～の章の終わりで触れたが、神智学の『覚者』と呼ばれる存在からテレパシーで叙述された内容を書籍化するカリスマ的指導者としては、ヘレナ・P・ブラヴァツキー、アリス・ベイリーがいたが、彼女らに次ぐ3代目の神智学系分派の創始者が当時、積極的に活動していた。日本にも信奉者が多く、著書は和訳されていて読みやすかった。彼の活動者のグループが近くで定期的に会合を開いていたので積極的に参加するようになった。以降はマイトレーヤグループ[1]と呼ぶ。

そのうち、スピリチュアル系の専門書店で興味のある書籍などを探すようになったのだが、店内の掲示板で催眠療法の1週間コースの案内を見つけた。講師は街で催眠療法を生業としているギリシャ人女性のリナで、定期的にコースを開催していたのだ。物は試しと受講した。コースの実技は受講者同士がお互いに催眠状態への導入などを掛け合って実施されるものだった。

日本語で「催眠」という言葉があるので誤解されることがあるが、クラスで学んだ理論と実践では、被術者は実際に意識を失うことはない。催眠術とは意識の状態を通常の覚醒状態から異なる、例えるなら覚醒夢を見ている状態に入る手助けをすることだった。つまり、被術者の同意と協力なくしては成立しないのである。「催眠」下の意識は瞑想時や前述のモンロー研究所で科学的に誘導されたときの意識状態にも似ているというか、少なくとも一部は共通している状態だった。特に、マッサージやヒーリングなどでとてもリラックスした方の状態の目と「催眠」に深く入った受講者の目が同じ様子だったために、ヒーリングは言葉や目の移動などの「催眠」の変性意識状態への誘導手段代わりになると感じた。

このコースの途中で修理工場の経営者をしているというリナのご主人が登場して、アカシックレコードリーディング[2]の実演をしてくれた。この時点まではいろいろな霊能者と出会ってきて、友人さえ作っていた私はただ興味本位で聞いていた。彼は特定の希望者の「本」を読むのでなく、リーディング状態に入ったときに彼の膝の上に現れる本を読むのだそうだ。だからこの場にいない人の「本」が出るかもしれないとのことだった。

2人目の「本」の名前は一瞬私の名前かと思ってびっくりしたが「アカーリ」という名前だったので気楽に聞いていた。その人の現在状態は私に似ていたが、男性のエンジニアなど世界に山ほどいるのであまり気にせず、本当に娯楽のつもりだった。ただ、その人の将来がイエスのようにヒーリングをしながら布教するような姿だったというあたりで、あまりの既視感に頭が痛くなってきた。実はモンロー研究所で一度私の将来についての話を聞いてから、そのときまでに同様な話をした霊能者は2人いた。ある意味では、わざわざお遍路からチベットまで行ったのも、この自分の未来像について白黒つけるという動機もあったのだ。チベットでは何も映画になるようことは起きなかったので、もう気持ちの整理が済んだ気になっていたのに、たとえ他人様のことはいえここでまた同じような未来の話を聞かされるのは本意ではなかった。

リーディングが終わったあと、クラスメートの一部が私に感想を聞いてきた。なんと彼らは私の苗字を「アカーリ」と認識していたのだった。そういえば、ビジネス出張先で自己紹介したあとに「アカーリ」と呼びかけられたことが過去に複数あった。読んでいたご主人も私の「本」だとなんとなく理解して読んでいたようだった。

チャールズ・W・レッドビーターの神智学の本によると「想念形態」と呼ばれる人の記憶が頭の横にあたかも解凍待ちの圧縮ファイルのようにぶら下がっており、それを読む霊能者も多いとのことだった。多数の霊能者が頼みもしないのに同じ未来像を言うということは、もし私がその未来像を心に強く留め置いているのならば普通にありえることだった。私はまだイエスのような自分の未来を捨て去ってはいなかったことになる。

クラスの終わりには催眠療法士として開業するために必要な知識と助言があった。

実は私の移住した州のこの街で初めて開業した催眠療法家は、医師の資格はおろか学歴もないイギリス生まれのユダヤ人だった。だが、彼の実績に惹かれて大学教授や心理学者が多数弟子入りして手法と治験を学び、正式な医療行為として大学病院などで催眠療法が実施されることになったという。その後、正式な心理学、あるいは医学の博士号と免許を持っていない人物が催眠療法をすることを禁止する条例が制定され、その最初の開業者は条例違反で訴追された。しかし、圧倒的な実績の前にカナダの最高裁まで争った挙句に勝利して、以降催眠療法は公的資格なしに実践しても訴追されることがなくなったのである。ただし、医療や診断、患者など正式な医療機関のように誤解される文言を使うと詐欺に当たるそうだ。

また、移民の国だけあって、世界各国の異なる流派のマッサージ店の営業も多数あった。当時はマッサージと銘打つと公的資格が必要だが、「指圧」や「霊気」などマッサージの言葉を入れずに「顧客」の体に触る行為は、簡単な条件を満たせば市の免許がもらえる環境だった。ただ、近年はとても条件が厳しくなって実質不可能になっているらしい。

民間療法として日本では無資格で整体院やリラックスマッサージ院の運営が可能になっているが、少なくともこの都市はそれとよく似た環境だったのである。アメリカよりもかなりゆるゆるの施政方針だったのだ。セクシャルハラスメントという言葉は当時ではまだ一般的でなかったのだが、施術者、および顧客の性別に関係なく、あとから訴追にならないための同意書のひな形や訴追されたときのための保険などについても教えられた。私の知る限り、講習を受けた全員が本業兼業に関係なく開業した。もっともすぐに成功したのはロシアからの移民で、ロシアでも催眠療法を生業としていた方のみだった。彼はカナダでの法律関係や常識を知るために受講したのだそうだ。

私自身は、カナダで催眠療法家として成功するためには言葉の問題が大きいと感じていた。一般に「催眠状態」と呼ばれる意識状態になると、会話が寝ぼけている人よりはましな程度に成立しにくくなる。聴き取り能力も、また正確な発音や顧客の文化的背景理解も不十分では思わしい結果を導けるとは言いがたいのだ。実際にはハンドサインなどで意思表示や質問への回答をしてもらい、コミュニケーション成立の助けとするという手法である程度はやれることがわかった。

自分がマッサージやヒーリングを超える効果を出せるのかという点で、催眠療法をものにできるかどうかも未知数だった。私がこのコースを受けることを知った方のひとり、あおいさんが私の最初の被験者となってくれた。彼女の腰の痛みはこれまでにおいて、医療機関を含めてあらゆる方法で改善を試みてもずっと改善することはなかったのだそうだ。

そのセッションでは指圧とヒーリングで「催眠」状態に誘導したあと、その腰痛の根本原因の光景を思い浮かべてもらった。彼女はある「前世」の光景を上から俯瞰視した。また深い躊躇いのあと、その「前世」で現れた人との今生での立ち位置を「理解」することができた。セッション後の彼女の腰痛は本人の予想以上に好転して、しかもそのまま良い状態が続いているとのことだった。スピリチュアルなことに興味があった彼女は「催眠」状態でいろいろと光景を脳裏に浮かべることと、それにより深い理解と癒しがもたらされることに感銘を受けたようで、もっとも熱心な私の顧客となり、最後はある意味での弟子みたいな位置になった。

彼女は同年代の琹奈さんを紹介してくれて、琹奈さんは2番目の被験者となってくれた。ヒーリングのみで深い「催眠」状態に入った栞奈さんは、やはり脳裏にいろいろな光景を浮かべることができて、そのあとに、

「人間関係の問題について不安やわだかまりが顕著に改善できた」

とフィードバックしてくれた。栞奈さんは2番目に熱心な私の顧客となった。

知己を持ったＲｅｉｋｉマスターにインド人女性の方がいた。私と彼女は馬が合うようで、最初は電話で挨拶と雑談程度の関係だったのだが、やがて家に招かれてご主人や子供たちに紹介されるほどの友人となった。彼女は伝統的なヒンドゥー教の世界観とその慣習（来客があるときには1日に計5回沐浴する）を守って生きている人だった。伝統的なヒンドゥー教というのはとても懐が深く多種多様なため、霊感の鋭い人はより鋭くなるその過程でヒーリングやいわゆるスピリチュアル系の事象についても、アレルギーが起きないばかりか積極的に肯定しやすい傾向にある。彼女は移民したばかりのときにパートの仕事で、歓楽街付近の連れ込み宿代わりに使われるモーテルで受付をしていたことがあり、自分のシフトが無事に終わるように瞑想と祈りを

するのが習慣だったそうだ。仕事を辞めるときにオーナーが必死に引き留めたそうである。彼女のシフトのときだけ明らかにホテルで起きるトラブルの発生率が低かったのをオーナーがよく知っていたからだそうだ。

友人として私の霊的遍歴を聞いた彼女はひとりの評判の霊能者を紹介してくれた。彼女はインドでも多数の霊能者や占星術師を知っており、この霊能者の能力は際立ったもので、しかも電話ならば初回無料で相談に乗ってくれるとのことだった。私は名前と連絡先をもらった。場所は車で2時間半くらいかかる距離で行けないことはないが、国境を越える必要があった。

紹介された霊能者とのコンタクトは1年後くらいから始まり、いつしか私は毎週のように彼のグループの少人数の勉強会に参加するようになっていた。

このＲｅｉｋｉマスターと彼女のご主人が開業前の被験者の3番目と4番目になってくれた。ご主人は閉所恐怖症を持っており、前世療法でその原因を発見して理解したあとで、初めて安眠することができるようになったと喜んでくれていた。またその後、日常生活に積極性が増したとのことだった。

これらの成功経験により、私はエンジニアの就職活動を一時的に止めて、郊外の高層アパートの23階に転居したのちに、その近辺の事務所を借りた。安い家賃とオークションで入手した什器・家具を使い、いつでも損切りできる体制での催眠療法・ヒーリング・指圧事務所の開業をした。もしも順調ならば市内中心部に進出するつもりで、「石の上にも三年」とあるように3年間でモノにならなかったら辞めようと思っていた。もちろん、必要な免許や保険、セクハラ訴追対策も整えた本気の開業ではあった。

さて、事務所で暇を持て余した私は成功するために営業活動を始めた。催眠療法家の団体に参加して毎月の研修会に出たり、スピリチュアル系書店で広告を入れたり、地元の他のＲｅｉｋｉマスターとコンタクトしたり、日系人協会に参加したりして、とにかく人脈を広げて、顧客が増えることを願った。

ビジネスとしてはまったく顧客がいない状態でのスタートで、来てくれるのは最初の2人、つまりあおいさんと栞奈さんだけだった。お金をいただく関係だとそれほど頻繁に来られるわけでもないので、あおいさんとは研究会ということで、療法に関係なく定期的に来てもらい数々のセッションを続けた。栞奈さんは心の安定が揺さぶられたときや、霊的に興味のあることができたときだけ顧客として訪れるようになった。

その一方で、神智学、およびその分派であるマイトレーヤグループについては熱心に本を読み、また地元のグループの瞑想会に必ず参加するようになった。たとえ自分のビジネスがうまくいかなくても、こちらだけは絶対成功させたいと思っていた。最初の快感経験以来、あちこちさまよいながらようやく自分の探し求める「理」を神智学の理解によって達成できると思っていた。ただし、神智学、特にアリス・ベイリーの本は、本当の著者とされる『覚者』による説明がなされていた。

「わざと難解で理解できないように書かれており、真摯に理解を求めて努力を続けるものの中で、その動機や人柄を『覚者』によって認められたものだけが、テレパシーなどの方法で欠けている知識を補ってもらうことで理解できる」

マイトレーヤグループの創始者の画家は、

「自分はそのような『覚者』によって認められた人間のひとりで、あえて表に名前と顔を出さなければならない役割を引き受けて活動している」

と自らの著書で説明していた。

当時は北米、ヨーロッパ、日本にそれぞれ500人程度の熱心な信奉者がいるようだった。

このグループの活動目的は、間もなく降臨するという仏教の「未来仏」、マイトレーヤの降臨を呼びかける瞑想会への参加と、マイトレーヤのメッセージとして最優先項目である「分かち合い（食糧、衣服ほか）」の広報であった。

●このグループの会員で自分の霊的経験の著書まで出したアメリカの外交官を招いて講演会を開催する

●スピリチュアル系の集会にブースを出してパネル展示をする
●アメリカが大量破壊兵器の除去を大義名分としてイラクに侵攻したときに世界各地で起きた抗議デモ行進に、マイトレーヤグループのメッセージをプラカードにして掲げながら参加する

私は積極的に参加、あるいは主催した。1年後には私は地元のグループの世話人となっており、自分の郊外の事務所と市の中心部の大学の1教室を借りて、合わせて週2回瞑想会を開催していた。

開業2年目に入るころには地元の日本人新聞や日本人向けTV番組でネタ枠で取り上げられるようになり、収益はまったくの赤字であったがぽつぽつと顧客が来るようになった。ただし、リピーターとなったり、知人を紹介してくれたりするケースは稀な顧客の中でさらに稀だった。

私は営業として、スピリチュアル系の集まりにブースを出して1000円程度で指

圧などを提供する傍ら、ブースにマイトレーヤのパネルを展示していた。そんなとき、私のブースへのちに私の「恩人」となる方、香苗さんが現れた。彼女は私より10歳ほど年下でサイババの帰依者(3)だった。大学生のときにサイババの夢を見て、そこでサイババがカレンダーのある日付に赤丸を示してくれたので、その日にサイババのアシュラムを訪問したとのことだった。彼女はよく予知夢を見るのだそうだ。見るタイミングも内容も自分の意志によらないが、結構当たるということだった。

ちなみに、サイババを知らない方もいるかと思うので、簡単にサイババについても説明しておく。サイババとは1926年生まれのインドの聖者で、無料の学校や病院、飲料水用の上水道の建設などのたくさんの社会奉仕活動を行った人物である。日本では1990年代に物質化などの奇跡がメディアで取り上げられてブームが起きた。詳しくはサティヤサイオーガニゼーションジャパンのウェブページ（https://www.sathyasai.or.jp）を参照のこと。

香苗さんは展示されたパネルにサイババの御写真があったので興味を持ってやってきて、そのブースが閉じるまで頻繁に雑談に来てくれていた。その後、私の事務所にセッションを受けに来てくれて、マイトレーヤグループの瞑想会にも頻繁に参加するようになった。

※　※　※

余談だが、私が所属していたマイトレーヤグループのサイババへの評価をまとめると以下のようになる。

「サイババはマイトレーヤより遥か高みの世界から地球を助けるために現れた『宇宙のアバター』で、マイトレーヤなどの地球を司る『覚者』たちから見ると『高貴な客人』である。迷妄や妄想ではなく、真にサイババに認められてテレパシーなどで教えを受けるには本人の霊格がとても高い必要があり、マイトレーヤの活動を続ければ来世かその次くらいでその域に到達できる人も出るであろう」

信奉者はまず「内界の師（『覚者』の弟子で現在転生しておらず、信奉者をテレパシーやヴィジョンで導く人）」の訓練を受け、さらには10人ほど確認されている『覚者』のひとりの直弟子になることを目標としていた。マイトレーヤはそれらの『覚者』の統括者であるが、マイトレーヤ降臨の広報の仕事をする人にはその人にすでに『覚者』の師がいるかいないか、また霊格の高さに関係なく直接的に姿を現してくれる存在とされていた。

信奉者の直接体験である不思議事象や出会った不思議な人が実は『覚者』あるいはマイトレーヤの仮の姿ではないかなどの疑問を、グループ創始者の画家に手紙を書いて確認を取ることができた。

ある日、スピリチュアル系の書店にいたときに声をかけてきた細身の背の高い西欧人の青年がいた。その存在感が透明なほど希薄で印象が強かったのだが、実は青年がマイトレーヤで、また～　青天の霹靂　～の章で記したセドナの山の岩棚で起きた不思議現象が『東京の覚者』によるものだという返事をもらった。必ずしもすべての人の手紙に肯定的な返事が来るわけではないので、私はこの返事にとても満足してさら

に熱心な信奉者となった。ただし、マイトレーヤも『東京の覚者』も特にメッセージや用があるわけではなく、

「ただそこに私がいるから起こした」

とのことだった。

当時の自分の霊的感覚は、

（ちょっと視えることがある、聞こえない、よく感じる、わからない）

くらいで「内界の師」あるいは『東京の覚者』がおそらくアメリカで見た夢によるところのこの街で出会う「師」なのだろうと考えていた。コンタクトを望んでいたのだが、それが実現しないのはその甲斐がない程度の発達度だったからだと思っていた。

展示会に話を戻すと、近い場所でブースを出していたSHIATSU院の経営をしているキプロス人のセーラが香苗さんと私に声をかけてきた。日本人療法家ということで、次の週に市内の中心部で開催される大きなフェアでのブースに参加してほしいそうだ。彼女のSHIATSU院は指圧もどきのマッサージと温石による温熱療法を組み合わせたものだった。日本人療法士も働いているのだが、都合で欠席するので代わりの日本人がいればとのことだった。10分1000円のマッサージのブースだから、ぶっちゃけ免許（前述の体に触ることができるというお手軽免許）持ちなら誰でもできるお仕事らしい。香苗さんも私もアルバイトとお試し程度の興味で参加することになった。

※　※　※

そのフェアではマッサージチェアを使って背筋に指圧をしていただけだったが、なぜか評判になり、私の前にはフェアの終了時間まで長い列ができていた。今までの事務所の閑古鳥の鳴きっぷりは何だったのかと思えるほどで、そこそこ稼ぎにもなった。

セーラにはこれからもブースを出すときに来てほしいと言われ（そのときには自分の事務所の名刺を渡して客引きOKという好条件だった）、またSHIATSU院で空きがある月曜日の午後に療法家として働くように誘われた。月曜日の夜はSHIATSU院から歩いて15分くらいのところにある大学の一室で瞑想会の世話人をしていたので、これはちょうどよいと私は引き受けた。

香苗さんと私はセーラのブースで療法家としてバイトする傍ら、友人として仲良くなっていった。彼女は、頼みもしないのにまるで占い師のように私について呟いた。

「今は犠牲を払いながらの成長の時期」

「将来は手先の器用さを活かした仕事に就く」

現在については納得がいく内容ではあったが将来、指圧に特化するのは違和感があった。もっとも技術系一般の仕事を指すのならば私のこのビジネスが失敗に終わることを予見しているとも言えた。

彼女は私の中でも、またマイトレーヤループの瞑想会の参加者の中でも無視できない存在となっていた。しかし、本人曰く全然真面目ではない帰依者とのことだった。

また、日本人の鍼灸師としてカナダで成功している方々との交流も始まり、ビジネスが黒字化する気配がないことを除いては、自分の生活に不満がなく、霊的な知識、治験、経験、人脈が増えていった。いつしか私はエンジニアとしてのキャリアを捨てていた。

(1) マイトレーヤ：弥勒菩薩のこと。お釈迦様の次に如来の位につくと約束された菩薩で、「未来仏」「当来仏」とも呼ばれる。

(2) アカシックレコード：元始からのすべての事象、想念、感情が記録されているという世界記憶の概念のこと。前世を含め個人の過去から未来まですべての転生の情報、魂の情報が記録されているとも。

(3) 帰依：神や仏、またその教えを尊崇し、身も心も従うこと。神や仏をよりどころとし、すべてを捧げること。

〜 チャンネラー 〜

転機はビジネスを始めて3年目の２００４年に訪れた。貯金がどんどん少なくなっていく中で、収益にブレークスルーが起きなければ、どんな仕事をしてでも生活する覚悟を持ち始めていたころだった。

ある夜、香苗さんがマイトレーヤの瞑想会の折に、

「自分は人の夢に出ることができる」

と話を振ってきたので面白半分で被験者として立候補した。

「じゃあ2、3日のうちに私が夢に出ると思うから期待していてね」

私は軽妙な冗談で返すことにした。

「えー？　もしあなたが夢に出てきて、寝言であなたの名前を呼ぶのを家内に聞かれたら困るなぁ」

皆で笑って、その場はお開きになった。

2日後、私は初めてサイババの夢を見た。言葉のない無言の夢だった。

（肺を浄化すれば、人生でなすことすべてがまったく別次元でうまくいく）

というメッセージがさまざまな夢の中の場面展開で明示されていた。

私は香苗さんに電話をかけた。

「あなたの代わりにサイババが夢に出てきたのだけど……」

「高志さんが奥さんのことで心配するから、私の代わりにサイババに夢へ出てもらうように祈ったの」

今までまったく縁がない（マイトレーヤグループ的にはそもそも霊格が足りていない）サイババが初めて私に直接関わってくれたのはこのときだった。もっともその後、何をサイババに話しかけても祈りをしても梨の礫だった。

当時の私は積極的に他の療法家のセッションを受けていた。目指していたのは心の浄化、あるいは顕在意識上での記憶の有無に関係なくトラウマの解消であった。また、霊的感受性の向上も目的としていた。一番効果があったのはＲｅｉｋｉマスターのインド人女性から紹介してもらった霊能者グループの勉強会、研修会だった。国境をまたいで通っていた勉強会、研修会で私はいつしか脳裏にオレンジ色の水墨画のような情景が、動画として浮かぶようになっていた。さらに、英語の発音向上のための個人レッスンを受けており、そこで測定した私の声帯の声質が聞き取りにくいくぐもった声から、通りの良いいわゆる「アナウンサー声」に変わっていたことが嬉しかった。通りの良い声は一般的に潜在意識下のわだかまりが少ない人が持つと聞いて、気を良くした私はさらなる努力を続けた。

また、～　行き当たりばったりの起業　～でも触れたが、この都市には最初に催眠療法を始め、最高裁まで争って催眠療法を続ける権利を獲得したというイギリス生まれのユダヤ人がいた。私はその彼に師事し、長い間、いろいろな話をした。彼は私個人として知己を得た人物の中で臨死体験を持つ二番目の人だった。彼の話を聞くと自分がどれだけ無知で経験不足か嫌というほど思い知らされた。もっとも彼は大学（院）の教授までも弟子として教えていたのだから当たり前の話だった。

2004年の夏ごろ、日本、北米、ヨーロッパを巡回して鍼治療をしている評判の鍼灸師の方と知り合った。運良くキャンセルが出たようで普通ならば予約は半年待ちとなる鍼治療をすぐに受けることができた。そのときに彼の開いている半年コースの鍼治療教室に参加することを勧められた。彼は人に突き刺すような鍼を使わず、形状的にはリフレクソロジー（足の裏指圧）に使う棒のような、それでいて金属製のものを使っていた。そのため、指圧マッサージをしているのであれば原則受講可能とのことだった。

余談だが、指圧については大きく分けて2つの流派があるらしい。マリリン・モンローに指圧したことで有名な浪越さんの浪越流、そして経絡の探求と活用を目指した松永流。私は松永さんから直接教えを受けた元お弟子さん3人と知己を得たが、そのうちの1人がこの方だった。

一般的によく目にする鍼治療の経絡図に表示されるジグザグな気の流れは簡略図で、本当の気の流れは体内、そして体外の近傍を3次元的に流れている。霊的感受性で気の流れとその乱れを読み取る（診断）とともにあるべき姿に戻すことをコースの目的としていた。コースの助手には彼の弟子たちがついた。彼は体系的に、そして発展的に松永さんが求めていた「本当の経絡」を探求して、その知見を用いる療法家を育成していたのだ。

このコースで最初に学んだのは親指と人差し指の摩擦の変化を検出端として使うOリング試験方法、正しい答えを得るためにするべき浄化方法だった。私は今まで振り子でOリング試験をしたことがあったが、正確性にも再現性にも自信が持てずに諦めていた。ところが、このコースで学んだ方法は他の受講者や教師・助手と答え合わせができるために再現性も精度も高かった。例えば、ツボの虚実の判定は皮膚を触って確認する方法や電気伝導率で確認する方法もあるのだが、Oリング試験で非接触、非視認でも高い精度で確認できたのだ。コース本来の内容はたいへん興味深いが、私にとっては信頼できるOリング試験技術を得たことが収穫だった。言い換えれば自分の霊的感受性が、

（ちょっと視えることがある、脳裏に浮かぶこともある、聞こえない、よく感じる、限定的手段でわかる）

くらいに変化したのだ。これは自らの潜在意識の浄化にも、ビジネスにも有効な手段となる。

並行して、知己の療法家から受けた潜在意識をプログラミングすることで症状を解決する手法（NMT[1]：Neural Machine Translation）が自分には効果があった。この手法そのものを学ぶ機会はなかったが、高次存在、この療法家の場合はイエス・キリ

ストに特定の問題解決、あるいは症状緩和を祈りながら潜在意識の浄化を目指し、刺激を与えるという手法の効果について確認できたのは大きかった。

この新しい2つのツールを使って、自らの潜在意識の自動的、かつ完全な浄化を目標とした新しい手法のアイデアを得て開発を始めた。

私は神智学によるところの『覚者』「内界の師」あるいはマイトレーヤに潜在意識の浄化を祈る系統的浄化のお祈りプログラムを作り、自分に試し始めた。試行錯誤により精度を上げたかったのだ。試行の成否はOリング試験で判定し、不成功の場合の問題分析、プログラム修正と再実行を実施した。ここで「プログラム」と書いたのはソフトウェア開発用のフローチャートの設計履行改良の手法を用いていたからだ。

神智学では人には「メンタル体[2]」という思考を司る見えない体があり、理想的な状態の上部メンタル体、エゴやトラウマなどの影響で理想から離れた状態の下部メンタル体に区分される。神智学での霊性修行の目的のひとつに浄化が挙げられる。例えるのであれば、下部メンタル体を上部メンタル体の鏡面コピー、あるいは上部メンタル体が富士山ならば下部メンタル体が湖面に映る逆さ富士になるようなイメージだ。私のプログラムの目的はこの逆さ富士状態の達成だった。

成功判定が出るまで、失敗した原因をOリング試験で突き止めて、祈りの文言をあたかもコンピュータープログラムのデバッグのように捉えて修正した。私はかつてアメリカの低レベル液体放射性廃棄物処理のプラントを作る会社で、プラントの制御システムのソフトウェアの仕様設計からコーディング、現場での試運転まで担当していた。メンタル体がブラックボックスであっても、Oリングの失敗判定から失敗理由（無限ループ、時間がかかり寿命が尽きるまでに終わる見込みがない、過去世、転生と転生の間の存在である中間世、カルマなど）をもろもろ自分の思いつくすべての項目について失敗原因をOリング試験で判定して、その原因に対処できるように祈りのプログラミングを修正したのだ。

一度プログラムを実行すると毎朝まだ継続中か、あるいは終了（成功判定）、停止（失敗判定）したか判定した。だんだんプログラムが複雑化していき、失敗判定が出るまでにかかる日時が増えた（3日継続中は失敗として停止させていた）。

数週間後の朝、私には予感があり、確認したら成功判定が出ていた。その日のことを私は今でもはっきりと覚えている。一日中、私の心も思考も感情も明晰で、水晶のように透明な心で過ごした。私は今後の人生をこの明晰な状態で過ごせるだろうことにただ感謝した。

しかし、翌朝はいつもの頭の中に狂った猿がいるかごとくの私に戻っていた。下部メンタル体の浄化状態はたった1日しか持たなかったのだ。ここにきて私は手段の再検討をせざるをえなかった。

私の求めている「理」は神智学の隠された知識の中にあり、私はメンタル体を完璧にできれば、川で言えば下流にあたるアストラル体[3]、エーテル体[4]、そして肉体も時間と共に完璧にできる（あらゆる病気や症状の解決）と思っていた。だが、さらに上流とされるコーザル体[5]に問題があれば下流のメンタル体は影響を受けてしまうために、自分の手法はまだ不完全であると判断した。問題は、コーザル体は潜在意識のプログラムで干渉できるようなものではないとされていることであった。私のプログラムではカルマは消せないとOリング試験で判定されていたために、カルマについてはアンチウイルスアプリが行うウイルスへの対処のように隔離させることにしていた。

「カルマを解消することなしに潜在意識の浄化を完成させることはできない」

という考えてみれば当たり前の結論を体感しただけの結果となったのだ。

この試みでは期待した結果を得られなかったが、副作用を引き起こした。

自分のもの以外の思考が私に入るようになったのだ。それは決して何かが視えたり聞こえたりするということではなく、自分の出す質問に対する答えが思考として自分にもたらされるようになったのだ。そうなると、Oリング判定は自分にとって時間のかかる判断手段となった。私はチャンネラーのひとりになったのかもしれない。

「思考が入る」という表現をしたのは突然閃くように何かのショートメッセージみたいなものが浮かび、例えるならメールボックスにメールが届いてタイトルとメールのサイズがわかるようになったからだ。それを脳内で開封して理解するのだが、内容がわかりにくい場合はOリング判定で詳細を確認して何のための、またどこからの思考か確認するという手順を踏んで明らかにしていった。モンロー研究所で体験したテレパシーとは異なるものなのだ。

当初は自分の垂れ流す思考を拾っているだけと思っていたが、ある程度、会話のように自分の思考と入ってくる思考のやり取りができることを可能性としてでも受け入れた。すると、その後はスムーズに頭の中で思考の間で会話ができるようになっていった。ただし、自演である可能性は否定できなかった。

（1）NMT：延髄—脊椎—腰椎の両側にドライヤーの様な形状の電動マッサージ（叩き）をあてながら移動して刺激する療法。ツボや筋膜他の細胞に記憶されているとするトラウマや思い込みを解除させるように上位存在（療法家によるが大抵はイエス・キリスト）に仲介を依頼する。療法家との質疑応答により細胞に働きかけるべき症状、トラウマや思い込みのパターンが辞書のように細分化されており、選択された項目について、療法を受ける本人も納得して意識することで機能するとされる。

(2) メンタル体：精神体のこと。肉体、およびエーテル体やアストラル体と一体であり、パーソナリティーを構成するもの。

(3) アストラル体：感情体のこと。

(4) エーテル体：幽体のこと。

(5) コーザル体：魂の器のこと。「魂体」とも呼ばれる。

〜 アクセル全開 〜

その当時、毎年行事としてマイトレーヤグループの創始者がサンフランシスコ、東京、ロンドンで集会を開いていた。それは参加希望者のうち創始者が許可した人のみが参加できるもので、私も参加を認められた。初回参加者には創始者が彼の『覚者』に尋ねてその人の魂や性格の傾向、霊的進歩具合などを教えてくれる仕組みがあった。あらかじめ自己評価したデータを渡して、『覚者』からの答えを朱書きしてもらう。このように主観評価と客観評価の違いを考察することで、精度の高い自己分析の糧とするとともに自らの霊的進歩に役立たせるという意図だった。

私のもらった答えは、

「サイババとのまともなコンタクトをするには少なくとも転生2、3回分は早いけど、マイトレーヤには助けてもらえるレベル」

というそこでの参加者の平均程度だった。ちなみに、自分がもらった霊格評価について他人に話すことは破門級の禁忌とされていたが、このような会に呼ばれる人の平均や分散などのデータは書籍で公開されていた。

2004年の秋になると、事務所の催眠療法用のリラックスソファに腰かけたときや夜寝る前に、何らかのシンボル解釈によるテレパシー能力トレーニングを受けるようになっていた。オレンジ色の水墨画のような動画に、ときたま白や赤の光がウインクするように重なる画像が脳裏に映り、それに付随して思考が入ってくるのだ。

(ついに「内界の師」が現れて、霊的コミュニケーション能力を鍛えてくれている)

と理解してトレーニングを続けていた。かつてアメリカで見た、

― この都市で師を得る ―

という夢が実現したようだった。自分が愚かな独り相撲をしているのでは？　魑魅魍魎のような存在に騙されているのでは？　と不安になったときには、神智学でいうところの「内界の師」である証明を求めることがあった。

名前のある方が師として手伝ってくれるのかと尋ねると、「マイトレーヤ」という答えが返ってきた。そのとき、自分の全身に感動を巻き起こすような、そんな感覚が満ち溢れるエネルギー的な何かを受け取った。マイトレーヤからじかに助けてもらっているとわかって本当に嬉しかった。あとで、もっと揺るぎない証明をもらえるとのことだった。

その一方で、望まない相手からの思考もよく届いた。

「私は誰々だ。お前に言いたいこと、聞きたいことがある」

「今からここに行け」

このような思考が頻繁に来ると辟易した。

結局、自分のことを遥かに高い存在（マイトレーヤなど）であると名乗ったり、いきなり命令を出したり、質問したりする存在にはその実力の証拠を出すように要求した。そして、それが出せないのならば撃退し、ときには論破することもあった。

ここでいう証拠や要求としては、

1．光の体で目の前に姿を現す
2．今すぐ物質化現象を起こす
3．こちらからの質問に対する回答の矛盾や回答の遅延を突く

の3パターンのどれかが多かった。

他方では、マイトレーヤだと信じて思考のキャッチボールをしていた相手からはいろいろな知識を授けてもらっていた。ある夜、私はアリス・ベイリーの占星術に関わる記述の解説を受けていた。それはアリス・ベイリーの本に記載されている惑星と星座の関連についての表で、一段深い関連があるから新しく表を作るのだという。

正直なところ、この新しい表が本当に私ごときにもたらされるものだとは思えなかったので、なぜこれを自分に書き留めさせたか質問した。

（まず、自分で管理しているウェブサイトにパスワードでプロテクトしたページを作り、そこに新しい表を掲載しなさい。私が最新のデータの開示として『覚者』に連絡してそのページを読ませるから。今ここでパスワードを決めて、明日までにウェブページの閲覧履歴から閲覧が確認できることで私（マイトレーヤ）の証明とします）

私はすぐに『覚者』を意味する［Master］というパスワードでウェブページを作り、教えてもらったばかりの表を掲載して就寝した。もちろん、そのページを作ったことは誰にも伝えていない。

翌朝、すぐに閲覧履歴を確認すると16件もの閲覧履歴ができていた!!

アクセスに使われたパスワードは16件とも「弟子」を意味する［Discipline］だった。当然、［Discipline］のパスワードではこのページに入れないことも自分で確認している。わずか数時間で閲覧履歴があったことも感動的だったが、閲覧した人は存在しないパスワードを使ってそのページを見ていたということがわかって嬉し涙が一筋流れた。

するとマイトレーヤから思考が来た。

（すべての『覚者』は私の弟子です）

つまり、マイトレーヤからメッセージを受けてこのページを閲覧した『覚者』たちは［Master］というパスワードを自らが使うことを良しとはせず、あえて［Discipline］というパスワードでウェブページのセキュリティを破ったということになる。マイトレーヤからの思考は他の思考と違って、優しい兄のようなエネルギーが伴っていたので私はそれ以降、疑わなくなった。

ただ、自分のビジネスは諦めたほうがよいレベルになっていた。指圧、松永流のお弟子さんだった方から学んだ手法の応用、ヒーリング＋催眠療法など顧客のニーズに応じて実施し、その結果には十分な手応えを感じていた。だが、有料の顧客は限りなくゼロに近づいていく一方だったのだ。

催眠療法は、顧客の目標となる状態と現状の乖離にどのような根本原因があるのかを顧客の潜在意識に問う形で進めていた。だいたい5人に4人（同業者寄合では通常は5人に1人くらいの確率だという話だったが）の顧客は何かを視ていた。視えなかった人は何かの思考が出てきて、本人にとっても想定外の話をしていた。それが前世体験なのか、死後の世界体験なのか、未来視なのか、幼少期のセクハラなど酷な体験なのか、わけのわからない魑魅魍魎系が出てくる話なのかについては問題ではなかったし、それが真実であるか否かさえも問題ではなかった。では問題は何なのかというと、潜在意識下に普段は隠されている記憶があることだった。その記憶を何らかの形で表現できれば、それにまつわる感情を愛と許しと学びの感情に置き換えることで手応えのある結果を得られていた。

マイトレーヤとコミュニケーションできるようになった私は、潜在意識のコンピュータープログラム的な浄化方法をベースとした新しい、もっと短時間で効果的な療法の開発を模索していた。それについては、マイトレーヤから提案をもたらされた。以下のまとめは会話調ではあるが、実際には長い時間かけて質疑応答をした結果である。

（潜在意識のプログラムは他動的にも実施できる。そのために、あなたが仲立ちになれば私がサポートすることができる。ただし、効果については潜在意識の自己防衛機能が許容できる範囲となるので、本人にどこまで望み、どのような副作用まで許容できるかを意識してもらう必要がある。これはある意味での契約書となる。この契約書のような同意書のひな形を作り、私に助力を頼めば私は応える。受ける方が信じる存在に真摯に祈りを捧げた場合は確かな効果が得られる。この療法の名前は「Power of Prayer（祈りの力）」としなさい。この療法でお金を取ることを禁止します）

同意書は以下のような内容で、それぞれに記入と選択、そして署名をしてもらう形だった。

・療法のあらましと原理の説明
・名前や住所
・目標（その人の中で明確であれば大雑把なものでよかった）

・誰に祈るか（イエスや天使など本人の希望、もしくはお任せ）
・どこまで自分の体調や経済的環境、人間関係が変わるかについての許容範囲（大まかな3択）

自らの環境の変化を望まない場合、カルマなどで祈りが聞き届けられる範囲が限られている場合は効果がないか、その効果は限定的になるが、「私の仲立ちで祈りは伝えます」というお品書きだった。ちなみに、もし今この手法を参考にしたいと思った方は、このあとどうなったのかを最後まで読み、十分に理解したうえで考えるように。

私はマイトレーヤのグループの瞑想会の参加者や催眠療法の寄合での知己朋友、私の事務所によく来る方などに声をかけて、興味がある方にこの療法を試した。

―今までどうしても話せなかったことまで気が付いたらすべて主人に話していた。夫婦の中の摩擦は解消できたけど、自分がここまで変わってしまうこの療法に畏怖を感じた。

―瞑想がものすごく深くなった。

―ヒーリング能力が目覚めた。効果が高い。

―すべてに前向きになれて、とても楽しい。

―何も変わらなかった。

―とんでもなく変わった。経過的に出るとされた反応がとてもつらくて長い。こんなことができるあなたが怖い。

―自分のペットに同じようなことをしたらペットがよく懐くようになった。

―薬や治療に反応しない腫物が消えた。※1か月後に再発

ごく一部の方は私にハマったというよりも、もはや信奉者のような反応をするようになった。そして、そのほとんどが女性だった。初めて会った瞬間から強いカルマ的な関係を感じた独身女性がリピーターとなっていたのだが、その人は性的な接触を含めて何でも受け入れるような発言をするようになっていた。しかも、そのようなケースは増大傾向にあったのだ。この療法以外のビジネスでお金をもらっていたこともあり、私は踏みとどまることができたが、このまま続けていたら私はあっさりと一線を越えていただろう。

かつて、霊能者に何度か言われた、

―イエスのように街から街へと布教する未来の可能性―

を笑い飛ばせなくなるどころか、真剣に考え始めるようになっていた。

このころから私は効率的にメッセージを受け取る、あるいは受け取ったメッセージを言語化する試みを始めていた。まず、自動書記[1]を試してみたが全然うまくいかず、紙にはミミズののたくったような落書きしか残らなかった。そこで、もらったメッセージを独り言として口に出してみる試みに変えてみた。最初は自分が考えもしなかった言葉を話し始めるのに躊躇い、―ホースの先に栓があって詰まりが取れない感じ―があったのだが、一度話し始めるとスムーズに舌が回り、文章でいう1段落分くらいの分量を吐き出すことができた。

２０００年の5月にこの道に踏み込んで以来、自分の目指す「理」について、文字どおり手当たり次第に書を読み、実体験を積み重ねてきたが、ゴールに辿り着く気配はなかった。にもかかわらず、２００４年の夏からのわずか2、３か月の間で大きく進展し、ここに及んで自らの内なる導きで「理」を文章化できる術を身に付けたのだと感じた。

調子に乗った私は、開店休業状態の事務所にいるときやセーラのＳＨＩＡＴＳＵ院の店番をしているときに、思考で話しかけてくる相手といろいろな霊的会話を続けるようになった。そのうち、相手がマイトレーヤか偽物かの確認すら怠るようになっていった。自分の新しい力とその運用や展開について思いを巡らせることもあった。その過程で「言葉降ろし」をしている自分の声の中にもっと低い音程の声が交じり、まるで独りで合唱をしているような状態になることがたまに起きていた。

（1）自動書記：自分の意識とは無関係に手を動かし、別次元の存在からのメッセージを文字にしていくこと。

～　介入　～

２００４年の秋のなかばのことだった。ある晩、買い物からの帰り道、私は歩きながらなんとなく香苗さんのことを考えていた。すると、

「彼女は恐れのないイケイケ女性のように振る舞っているし、しばしばあなたをおちょくるが実は聖者・女神として敬うべし」

という思考が来て、はっと我に返った。そのとき、普段からよく利用している親指と人差し指でのＯリング試験は指が痛いほど強烈に「ＹＥＳ」の状態になっていた。まるで誰かが私の指を操っているかのごとく、自分で指を動かそうと思っても縛られているかのように動かせなかった。

（サイババ、あなたですか？）

との問いに私の指は一瞬緩んで、すぐにさらに強く「ＹＥＳ」の状態に締め付けられた。

（メッセージを受け取りましたので、指を自由にしてください）

私の指が自由を取り戻したあと、サイババは何を聞いても返事をしなかった。

これが夢に続いて2回目のサイババ経験だった。

この年の11月初めごろ、23階にある自室の窓の外に5匹の蠅がとまっているのに気付いた。初めは気にしていなかったのだが、翌日にも同じように5匹の蠅がいた。確認した時間にもよるが、その日はあるときには4匹、またあるときには5匹だった。カナダの11月は寒い。しかも、23階は50ｍ以上の高さにあるためさらに寒く、風も強いはずだった。蠅などの昆虫が屋外で活動できる環境ではなかった。

その晩、まだ窓の外にいた蝿に集中して思考を待つことにした。結論から言ってしまうと、窓にとまっていた蝿は神智学でいうところの『覚者』のうちの5人が物質的な証拠として蝿の姿を借りていたものだった。あの暗号付きウェブページにアクセスした『覚者』の5人が私に真摯に受け止めてほしいメッセージがあり、ここにいるとのこと。私としては光の体で目の前に現れてほしいところだったが、それには及ばないという返事だった。私は『覚者』のメッセージに耳を傾けた。

（マイトレーヤでも対処できない重要な問題が私に差し迫っている）

このメッセージに私は混乱した。なぜなら、当時信じていた神智学の分派の師の本ではマイトレーヤが率いた地球の『覚者』たちが、別の次元による精神攻撃から地球圏を守っているとされていたからだった。

しかし、それのどこが私に関わるというのだろうか？『覚者』の次元では私の霊格はまったく足りておらず、なんとかマイトレーヤの促成栽培を受け始めた「入門したばかりの弟子」なのだ。ひいきめに言っても、このような案件では私は雑魚未満だった。

ふと窓を見ると5匹の蠅はいなくなっていた。

その後、マイトレーヤとの交信はなかなか成立せず、私は何をどうすればよいのかわからないまま陰鬱な日々を過ごすことになった。

そんなある日、香苗さんから連絡があった。彼女の新しい勤め先で店長代理の立場になり、わりと自由にできる環境だから一度遊びに来ないかという話だった。私は喜んでその誘いに乗ることにした。彼女のお招きにこの困難な環境を脱する答えがあるように思えたからだ。問題解決への道筋という意味でのOリング判定も肯定的だった。

彼女の指定した日は、11月23日。彼女の勤め先事務所の休業日だった。当日、彼女の口からその日がサイババの誕生日だと知らされた。ただその後、私の期待に反して香苗さんは何もヒントらしきことは口にしなかった。体が凝り固まっているだろうからとその事務所にある赤外線カプセルで温熱療法を受けたり、イヤーキャンドリング[1]

をしてもらったりした。

何も特別に感じることがないまま香苗さんに別れを告げ、駐車場に戻ったとき、突然自分を陰鬱にしていた問題の解決法が閃いた。

（マイトレーヤや『覚者』たちが対応できない案件ならばサイババに対応してもらえばよいのではないか。サイババはマイトレーヤより遥か高みの存在なのだから）

私はサイババに特別な手法での弟子入りを願った。具体的には、

『自分の肉体や俗にオーラと呼ばれる見えない微細な体、魂そのものもサイババに預けて包んでもらう』

という祈りだった。自分に関するすべての支配権をサイババに委ねると明言した私の祈りのイメージは、

――自らがまな板の鯉となってサイババに包丁を差し出した。

――自らの首に鎖付きの首輪を付けて、その鎖の一端をサイババに差し出した。

というものだった。

そのときは自分の願いが１００％満たされるという確信があった。どこか誇らしさを感じてもいた。

祈り終わるとすぐに透き通った柔らかいエネルギー的な何かが自分を天から包み込み、まるで自分がステージ上でスポットライトに照らされているかのような感覚になった。体が温かくなり、心が幸せに溢れた。私は常に緊張していて、本当の意味でリラックスすることができない人間だったのだが、緊張がすべて解けてなくなり、心からリラックスした状態で本当に幸せだった。今までこんなにも幸せに感じたことは一度もなかった。

「間違いなく、あなたは神を見ます。必要なのは、ただあなたの意識を、物質世界の興奮から引き離すことを始めることだけです。自分自身の内面に、もっともっと完全に焦点を当てなさい。これを成し遂げたとき、あなたは神を知るでしょう。あなたは、すべてを圧倒する神の愛を体験します。決してそれを疑う必要はありません」

1976年12月25日　クリスマスにおける御講話

その日の午後、松永流鍼灸師の先生のクラスがあった。先生はヨーロッパに出張中ということで、助手2人が講師役だった。私は幸せな状態を維持したままクラスを受けたが、クラスの課題が出た瞬間に正解がわかった。Oリング判定などは不要ですぐに答えがわかり、それも講師2人が驚く精度だった。手指も器具も不要で、ただ意図しただけで実習項目に合格することができたのだ。しかも、私の幸せのハイテンションは伝播性があるようで、その日の実技パートナーとなったクラスメートまでもがわけもなく幸せな状態となっていた。

その夜は就寝するとすぐ体中に心地よいエネルギーが還流していた。頭全体に鍼治療をされているような感覚が続き、イヤーキャンドリングを受けた耳に女性の優しい声が聞こえた。

「おめでとう」

誰の声なのかはわからなかった。

翌朝起きて、サイババに感謝すると鼓膜の振動による音という形で返事があった。耳の後ろと下の筋肉が操られているようで、筋肉の断続的な収縮を感じた。鼓膜の振動による音は、例えるなら男性が大声でマイクに向かって話したときに音の波形が歪んで「ゴワゴワ」「ざわざわ」となるような音色で、通常会話のような聴き取りはできなかった。ただ、サイババが私に怒っているときには、まるで誰かが怒鳴っているような大きくて乱暴なイントネーションで振動した。そのニュアンスは付随する思考を受けることで簡単に解釈できた。

「だめだ、だめだ。何をやっているのだ。今すぐ止めよ、今すぐだ。早くしろ」

このようなゴワゴワした振動が鼓膜を揺らすのだ。

こちらの質問に対する肯定的な回答、あるいは質問を意図していないものの自分での良い気付きがあるときには、満足そうなイントネーションのざわざわとした振動で、

「そ～だ」

と聞こえた。ちなみに、聞こえてくるものはすべて日本語だった。

何か私の言動に不満があるときにはぶつぶつ言っているような振動すらした。サイババの肯定、警告よりの強い否定、不機嫌といったものが自分の思いと言葉、行動にリンクして、こちらの意図とは関係なくすぐにわかるようになっていた。嬉しいものの煩わしくもあり、必ずしもすべてが満足という状況ではなかった。

耳が疲れるので、基本的には思考での会話を心がけた。正しく思考を受け取っているかどうかは、Oリング判定法で確認していた。

上げて落とす扱いはその翌日に訪れた。マイトレーヤだと認識できる思考が来て、マイトレーヤは私から手を引くとのことだった。要は、私が完全にサイババの庇護下に入ったということらしい。サイババにマイトレーヤや『覚者』では対処できない問題について尋ねると、

（私に頼め）

と答え、サイババにその問題の対応を頼んだら、

（もう、解決した）

という回答だった。あまりにもあっけなく終わったようだった。そもそも私にはその問題が何だったのかすらわかっていなかった。わざわざ11月のカナダで標高50ｍの窓に蠅を5匹張りつかせてまで伝えたかったというその問題が、何のドラマも内容開示もないまま解決したとされることには、やはり釈然としないものがあった。ただ、それだけマイトレーヤよりも遥か高みの存在なのだろうと自らを納得させたときに、

サイババはいきなり試練を与えた。

瞑想会は3年近く2か所で毎週行われていたのだが、そのうち、私の事務所での回で参加者を待っていたところ、自分の意図しないタイミングで突然首の後ろにエネルギー的な「何か不気味な存在」をねじ込まれた感覚があった。続いて、腰の後ろにも同じことが起きた。

（悪魔的な何かはどちらか？）

サイババに2択の試験のように問われたが、どちらも同じように感じたので回答に困った。私は両方とも不気味ですぐにお祓いしたいと思っていた。そうこうしているうちに、いつものメンバーが現れた。申し訳ないが瞑想会ができる状態ではないとその理由を説明したとき、参加者のひとりが私を断罪した。彼は個人的に郊外の自宅に招かれたこともある友人だった。

「どちらもお祓いが必要な悪魔的存在だ。君は最近とことんおかしいと、私が師事する『覚者』から警告を受けていた。君はこの数年間、この地域の活動の牽引者だったが、このような状態ではマイトレーヤグループの瞑想会の世話人として不適格だ」

彼は今まで自分の霊的なことは何一つ語らず、しかしマイトレーヤグループで伝えられている来たるべき世界株式市場崩壊後の大混乱時に、家族や知人が避難できるよう郊外の大きな敷地の邸宅に住んでいた。初めて彼は、自分が『覚者』の弟子で霊的な視覚とテレパシー能力を持っていることを明かした。

他の女性参加者も同意した。参加者の中で24時間稼働する霊的な視覚を持っていないのは私だけのようだった。

私はこの瞑想会の閉鎖を宣言して、皆に別れを告げた。

皆が帰ったあと、事務所にひとり残った私はサイババにお祓いを頼んだ。すると、両方の存在がすぐに消えた。

（私はお前が読んでいる本で言われている『宇宙のアバター』ではない。私はすべて

を創造した全知全能の神である）

（今すぐに、今まで持っているすべての知識を捨て、書物も道具も処分して日本に帰れ。今の商売も禁止する）

私はなぜか日本文化とは食事も含めて性が合わず、幼いころからつらい思いばかりしていた。どうしようもない音痴、かつ運動音痴（毎日ヨガをしても体が硬く、リズム感もなく、一部の筋肉は週に9回トレーナー付きのジムで鍛えてもろくにつかないほど）で、子供のころはどこにいても虐められていて、いつも泣かされていた。大人になり体が大きくなると、筋肉をつけ、攻撃的な態度を取ることで虐めはなくなった。ただ、その代わり常に周りからは浮いていた。カラオケが一番嫌いで就職は当時もっとも世界に飛び出す可能性が高い業種を選んだ。海外に骨を埋めるつもりで日本を飛び出して、足掛け17年が過ぎていた。リベラルな北米文化で移民が多いこの街とここでできた友人知人はとても気に入っていた。ビジネスはてんで駄目だったが、２０００年5月以来、求めてきたものがすべて手に入った、あるいはこれから手に入ると得意の絶頂にいたタイミングで受けた命令だった。

今までのすべての苦労と犠牲の結果、結実のすべてを全否定された私はこの指示に抗った。そもそも自らを「天地創造の神」と言う存在から来る突拍子もない命令は、本当にサイババの思考なのかという点も疑問だった。いい気になっていた部分があって、サイババではない変な存在と思考のやり取りをしているのではないか？　常に優しい兄のように振る舞ったマイトレーヤはもう返事をしなくなっていた。今回の瞑想会での仕打ちと一方的な命令が子供時代に虐められていたときの記憶を呼び起こし、反骨心がめらめらと湧いた。

（この鼓膜をざわざわさせる存在はサイババではない何かだ。出ていってくれ）
（もしこれがサイババだというならサイババを拒否する。出ていってくれ）

鼓膜のざわざわがなくなったあと、私は市中心部の大学の教室を借りて開催していたもうひとつの瞑想会のメンバーに連絡し、瞑想会からの脱退、および世話人の引き継ぎの打診をした。驚いたことに、こちらで継続的に参加していたごく少数の方々は熱心なマイトレーヤ信奉者でもなければ、霊的な視覚を持っている人でもなかった。

ただ、私と瞑想した晩は熟睡でき、週に1回とてもよく眠れるからというのが目的だったらしい。私が欠席のときには瞑想してもその晩には熟睡できなかったようで、私が今後不参加になるのであれば続ける意味がないのだそうだ。こちらの方々は私のことをとても心配してくれて、個人的なコンタクトは続けることになった。

地域の世話人を降りることをマイトレーヤグループの北米全体を統括する世話人のような方に連絡したら、同じ北米で活動する日本人ということもあってか、親身に事情を聴いてくれた。とても優しく温かい方で、今起きていることをメールでまとめたら、それをグループの創始者に送り、彼の『覚者』に確認してくれるとのことだった（通常であれば手紙を書いて国際郵便で送り、1か月後くらいに返事が来る仕組みとなっていた）。

私はサイババ関連の経緯を簡単なメールにまとめて送った。すると、2日と経たずに返事をもらえた。

「あなたのサイババ経験、および『サイババ』は迷妄の世界にいる偽のサイババだ。

マイトレーヤグループでこの偽のサイババにハマるケースは少なくない」

いったんはこの返事で納得して、しばらくはサイババ、および欠かさず続けてきた神智学関連の探求と実践を忘れ、ゆっくり休養することにした。

しかし、それは許されなかった。

（1）イヤーキャンドリング：横向きに寝そべり、片耳にイヤーキャンドルを挟み込んで火を付ける自然療法。一見普通のローソクに見えるが、耳と接触する部分にはガーゼが付いている。

〜 正気の崩壊 〜

２００４年の春ごろだろうか。まだ身辺が平和、かつ暇でマイトレーヤもサイババも雲の上の存在と捉えていたとき、知人から「エノク書（旧約聖書の偽典とされる古代書で予言、天使、悪魔などの記述が多いとされる）」の講習会への誘いを受けた。教材費以外は無料、知人の教室で開催され、「エノク書」の秘密をわかりやすく説明してくれるということだった。

さっそく参加して、分厚い８㎝のキングファイルがぱんぱんになるまで詰め込まれた教材をコピー代以下の料金で買うと、興味深く話を聞きながら下線やラインマーカーを引いて講義の内容の理解に努めた。最初の講習会後、希望者はそのまま別の講習を受けることを勧められた。講師は「エノク書」の解釈をＵＦＯの宇宙人から聞いたとのことで、追加講習はＵＦＯとの交信会となっていた。

私はこれ以上の参加はお断りし、関係を絶った。買った教材は汚してしまったので返却することもできず持ち帰ったが、これ以上その教材を読むつもりもなかった。当時、住んでいた高層アパートの23階にはダストシュートがあったのでそこに捨てることも考えたが、（燃やすべき）という思考が来た。ただ、アパートで大量の紙を燃やすことができないため、前章で私を断罪した友人が持つ広大な敷地で教材の野焼きをすることになった。そのころは関係も良好で、よく連絡を取り合っていたのだ。当日、彼と私の目の前でヨレヨレの黄色いラインマーカーが引かれた教材を燃やし、キングファイルは彼に処分してもらった。

さて、サイババ、およびマイトレーヤグループでの瞑想会と決裂し、ゆっくりするつもりでのんびりと1日を過ごしたその晩のことだった。アパートの書斎の机の上にこの燃やしたはずの教材がキングファイルに入った状態で置いてあった。すでに物理学の法則が無視された現象は何度か経験していたが、こうも即物的に燃やした教材が物質化された経験は初めてだった。そのキングファイルには自分の引いたヨレヨレのラインマーカーや赤いボールペンの下線がそのまま残されていた。

私はとりあえずこれを処分したいと思ったが、断罪されて絶交扱いになった友人の家にまた燃やしに行くのはさすがには憚られる。結局、ダストシュートへ捨てることにした。しかし翌日、キングファイルと教材はまたもや書斎の机の上に戻ってきていた。

私は困って、誰にともなく祈ってまたダストシュートへと捨てた。

「二度と戻ってこないように」

その晩、私はベッドの上で寝付けずにいろいろと考えていた。私は誰に祈ったことになるのだろうか？　やはりサイババに祈ったことになるのだろうか？

そう思った瞬間、耳のゴワゴワとした振動が爆発的な音量で戻ってきた。

「ぶわっははっははは」「ぶわっははっははは」「お前は私の管理下から逃げられない」

その晩は苦悶と共にわずかな睡眠を取れたのみであった。

しかしその後、このキングファイルが戻ってくることはなかった。

私は四六時中、この耳のざわざわや自称全知全能の創造神だというサイババ、あるいは他の発生源と思われるいろいろな思考に悩まされることになった。

数日後の午後遅く、稀にいるリピーターの方と会ったあと、他に来客もないので事務所の入り口のドアを中から施錠した。そのとき、私はサイババに挑戦された。

(なぜためらっている。私が全知全能の神であることを証明するように要求せよ)

あまりにも強く、しつこい要求だったのでついに私は言ってしまった。

「もしも全知全能の神であることが証明できるなら、今すぐそれをせよ。その後は指示に従って生きる。もしすぐに何も起きなかったら永遠に去れ」

その瞬間、施錠した扉が激しい勢いで外から開けられた。すると、1年くらい前に一度だけ客となった、そしてたいへん印象深かった大柄なカナダ人男性が部屋に入ってきた。まるで外で出待ちしていたかのようなタイミングでの登場だった。

※　※　※

男性の名前はベン。30代くらいで、前回初めて来たときには自分を木こりだと言っていた。190cmを超える身長と厚い胸板、太い腕、とても朴訥としていて語彙の乏しい話し振りが、今までの人生で言葉を交わした人の中でも際立っていた。彼は記憶が飛び飛びになるという問題を抱えており、私の事務所を訪れたのである。「催眠状態」下において原因の状況を尋ねると彼は盛んに「Father」という言葉を使っていた。明らかに父親との関係に大きな原因があるようで、彼はしきりに後悔して謝っていた。特に印象深かったのは、「催眠状態」下の彼がきわめて知的で霊的な知識と体験に精通していることだった。

私個人としては療法としての対処を無事に終了したのだが、彼は戸惑っている様子だった。これは珍しいことではなかった。

お金を受け取る段階になると、彼は殊更にお金が必要かと尋ねてきた。それに対して強くうなずくと、しわくちゃの小額紙幣をたくさん出して支払ったのも印象的だった。

私の事務所には神智学の霊能力関連の説明図書でチャールズ・W・レッドビーターが19世紀の終わりに出した著書があった。それは私が自分の経験を一番よく網羅的に説明していると納得した本だったのだが、それを差し出し、ベンには才能があるのでこの本で自分の能力について理解を深めるようにと助言した。

※　　※　　※

ベンは前と同じような服装で、まるでホームレスの方のようにたくさんの古いショルダーバッグなどを持っていたが、今回の彼の目や態度、口振りには確かな知性と自信が満ち溢れていた。

彼は前回渡した本を返してきた。

「君がくれたこの本は面白くなかったよ。だって私はこの作者を知っていて、この本の内容について彼にいろいろと教えてあげたことがあるんだ」

年齢的に不可能なことをあたかも取るに足らないことのように話した彼に、私は深い緊張と静かな興奮を感じていた。

「今回来たのは、自分の願いを叶えるのに君が役に立つみたいだからだ。でも、お金は払うことができないよ」

「マッサージ以外は無料にしているから問題ない。だけど、催眠療法はもう辞めていて独自の療法しか行っていない」

「問題ないからそれで進めてほしい」

私はベンに「Power of Prayer」を実施した。サイババに仲介を頼んでも返事がないので、マイトレーヤに仲介を頼むとなぜか実施してくれた。

このころになると施術中にいろいろな視覚情報や思考が、施術の開始と終了を示すエネルギー的な感覚と共に流れていた。驚いたことにベンについての情報は、

【イエス・キリスト】

だった。

彼が当初、記憶の問題で訪れたときの情報、当時も頻繁に訪れていた国境を越えた

霊能者のイエス観、そしてマイトレーヤグループの創始者の描く『覚者』のひとりとしてのイエス観などが錯綜して、私は畏怖の念で施術を終えた。

思い起こせば、彼からは人らしい気配が感じられなかった。人の気配がしない人物と会ったのは、前述したスピリチュアル書店で会った青年が実はマイトレーヤだったというケース以来だ。

施術後、私は立ち上がる彼の足元で土下座した。
しばらくの沈黙のあと、

「頭を上げてほしい。このままでは話ができない」
「私は現在、ベンという名前で活動している」（注：あとから調べたところ、イエスの本名候補の中にはベンジャミンがあった）
「私がここに来たのはあなたに頼みがあるからだ」
「今から２５００年後に人類はこの星から移住しなければならなくなる。あなたにはそのときに私を手伝ってほしい」

と言われた。私がどのように答えたかについてははっきりとした記憶がない。おそらく、

「もし、私が役に立つのであれば」

といった返事をしたのだと思う。

彼は去り際にいたずらっぽい口調で鍵開けの魔術？　の秘密について語ってくれた。

そのときは意味不明だった原理だが、サイババに帰依して19年たった今ならばこの術は合理的で、かつ論理的であることが頭では理解できている。しかし、術を使う必要性をまったく感じないので身に付ける意思はない。

はたしてサイババは本当の全知全能の神なのか。それともマイトレーヤグループの創始者の言うように私は迷妄のサイババに惑わされているのだろうか。ベンの書いた同意書は少なくとも私の手元に残っている。サイババに対する信奉が増した結果と

なったが、まだすべてを捨てて日本に帰る気にはならなかった。

次の日、押し寄せてくるいろいろな思考に私は追い込まれていた。その思考がサイババのようにも思えるのだが、矛盾しているものもあり、実際にサイババ以外の源がサイババの振りをして送っていることもままあった。すでに私は過緊張と睡眠不足で衰弱している状態だったが、いちいち論破して追い払うという作業によって神経をさらに消耗させることになった。精神的な攻撃が拷問とさえ感じられるようになった。その攻撃は24時間あらゆる方向から、こちらへの命令、要求、質問などの形をとった思考として現れ、それらを撃退すればするほど事態は悪化していった。

ベンの訪問があった翌日の晩、私は書斎の机で頭を抱えていた。そして、自分の中の何かを解き放った。

私はとても愉快な笑い声をあげた。突然気分が前向きになり、映画の俳優のような台詞回しでひとり話し始めた。

「はっははは！　ついに来たか。今回はちょっと長かったな」

「これからお前らのお楽しみの時間だ」


この瞬間から、延々と思考を送り続けている魑魅魍魎のような存在を、今風に言うならばＹｏｕＴｕｂｅの配信を見ながら投げ銭やコメントをしているフォロワーのように扱っていた。そうみなすと心のプレッシャーが一気にワクワク感へと変わった。

また、ひとつひとつの思考について内容を吟味したり、無視したりせずに、あたかも最後まで聞かなくとも言いたいことはわかっている聖徳太子のような応答を傍目では独り言として始めたのだった。相手が何を言いたいのか、自分の中で言語化することなく、全部わかった気になっていた。


「そう。だけど今はしない」

「それは違うかな」

「今回、処分する奴がいるからな。覚悟しておけよ」

「そこは正当に評価する」

…

…　…　…

「いつものように仲間を呼んで力に目覚めてもらう。あとは、皆が自分のテーマに向けて力を使っていけばよい。早い者勝ちになるよ」

私はベンの例にあるように「Power of Prayer」を霊能力の発現、あるいは前世で開発したけれども今生ではうまく発現できていない人への力の解放のために、特化して使うつもりになっていた。

（自分の知己にのみ声を掛け、受け入れた人にだけ本人の力をサイババに仲介を頼むことにより解き放つ。その人たちが今まで力がないゆえに諦めていた世の中の改革に取り組むようになれば、世界が変わる。その触媒として生まれた人間が私で、そうなるべくして数々の前世因縁がある仲間たちと2000年5月以降にこの都市周辺で出会うように舞台が整えられていたのだ）

（そして私は、今覚醒したのだ。サイババの試験を乗り越えて自らの本性を隠す鎖を解き放ったのだ）

（別の星の別の人類だったころから、今まで何度もこのお芝居は続けられていて、いよいよ起承転結の「転」の幕が開けるのだ）

この思考を一瞬のうちに受け入れた私は、深夜だったにもかかわらず意気揚々と前回の「Power of Prayer」を受けた人に招待メールを作成し、送り始めた。サイババについての説明も加えて、前回のセッションのパワーアップ版として推薦した。

その最中も、いろいろな思考がさまざまなところから飛び込んできたが、私はすべての内容を考えることもなくわかったつもりになって、愉悦とともに口頭で返事をしながら作業に没頭した。

～ 大暴走 ～

2日後の午前、私のメールにすぐに応答して能力開花のための予約を入れた2組計3人を事務所で待っていた。魑魅魍魎たちへの配信活動気分の独り言は続けていた。早く覚醒すればするほど、自らの望む道を早く深く進むことができ、ある意味ではブルーオーシャン（本来は未開拓で競争相手のいない市場のことだが、この場合には未開拓の新しい領域といったニュアンス）の果実を手にできると信じていた。

それゆえに、誰が最初に事務所に現れるのか興味があった。1組は引退した医者の夫妻で、ロシアから移民した人当たりの良い穏健な方々だった。そして、もう1組は～ チャンネラー ～の章で潜在意識をプログラムする手法を私に教えてくれた方で、一度決めたらどこまでも突き進むというある意味では私と似たタイプの女性療法家だった。療法家の方のほうが性格的にブルーオーシャンを早く開拓してしまうだろうからと、私はハンディをつけることにした。彼女には遅刻してもらうことにしたのだ。

芝居がかった躁状態のまま、私は失敗を疑うことなく療法家を遅刻させるように念じた。

予定通り、療法家は遅刻して現れたために一番乗りはロシア人夫妻となった。療法家は遅刻理由を説明した。

「ちょっと信じられないことが起きたの」
「私の車が近付くと、信号が赤から青になったばかりなのにすぐに赤に変わったわ」
「それも何度も」
「事務所に近付いたときに私の前の車が急にスローダウンしたの」
「追い越そうとしたら追い越し車線に車がいて、私の車と同じスピードに落として並走してきたの」
「交差点に着いたら一度曲がってやり過ごすつもりでイライラしていたら交差点の手前で前の車が止まったわ」
「隣の車も同じように私の隣で止まったの」
「気が付いたら、後ろにも車が詰めていて囲まれていたの」

「少し待っても前の車は動かなったの」

「私がイエスに状況打破を願いながら思いっきりクラクションを鳴らしたら、すべての車がまるで夢から醒めたように急に動き始めたわ」

「そのあとはスムーズだったけど、これって何の意味があって起きたのかしら？」

私は自分のちょっとした遊びの顛末を聞いて、さらに陽気な気分になった。その状態でサイババ監修の霊能力開花・強化目的でサイババとつなぐ「Power of Prayer」を実施した。

その晩、事務所で私は余韻に浸りながら、例の「配信」を続けていた。すると、遅刻した療法家にも能力開花を実施したことを不満とする思考が来たように感じた（いちいち思考の言語化をしていないため、あえてこの表現にしている）。

その思考は私を殺すと脅迫しているようにも思えた。

「やれるものならやってみよ」

「どうした。すぐやれ、無能が」

「できないじゃないか。お前には罰を与える。すべての力を取り上げる」

このときから、自分の意に沿わない思考の源には力を奪って捨てるという罰を与えるようになっていた。少なくとも物質化現象を起こす力もない状態で私に絡む雑魚はフォロワーでない限り、相手にしないことにした。光に群がる虫は追い払ってもすぐ戻ってくる。だから、羽根をむしって、魑魅魍魎の立ち位置から物質界転生への道へ「落とす」ことにしたのだ。おそらく虫にでもなるのだろうと、その先のことは気にしなかった。

もっともフォロワーたちは私の行為を、
（味をつけられる）
という風に表現していた。

私は何度も何度も転生において自分の霊能力の解放、言わば【覚醒】イベントを起こし、その時々でフォロワー、あるいは魑魅魍魎に好むことをしたり好まぬことをしたり、覚醒後の仕打ちはさまざまだったようだ。

事務所を引き上げて自宅に帰るべく駐車場へ向かう途中、自分を見下すような思考が来たように感じた。目をつぶると脳裏には満天の星のようにフォロワーがひしめいていた。

私は高らかに声を発した。なぜか英語だった。

「Am I magnificent?（なぁ、みんな、俺ってグレイト?）」

当時、日本語で言わなかったのは無意識のうちにアラジンの『完全無欠のロックンローラー』という曲が自分の心情を表していて、台詞も歌詞から拝借しようとしているのを表面意識で拒否したからだと思う。今考えてみても、この曲のテンポと歌詞は深刻さがまったく感じられず、調子に乗っていた当時の自分の深層心理に恐ろしいほどに当てはまっていた。

※　※　※

　翌日から自宅で虫にまつわる常識外のイベントが起きるようになった。まず、書斎にいると目の前の壁にゴキブリがいた。駆除しようとして新聞紙を丸めて近付いたが、まったく逃げる様子がない。このアパートでゴキブリを見るのは稀なことだが、そのときは気にせずに駆除した。

　同じ日、今度は書斎の机の上にゴキブリがいた。その一瞬前にはいなかったのに、ほんの一瞬の心の隙を捉えてそこに現れたようだった。まったく逃げる様子がなく、不思議に眺めているとゴキブリから思考が来た。

（我は悪魔界の王たる……云々）

　下手に殺すとその瞬間に憑依でもされるかもしれない。そこで、プラスチックの名刺入れ大の箱を取り出して、その蓋でゴキブリを箱の中に押し込んでそのまま蓋をした。セロハンテープで箱をぐるぐる巻きにして、ダストシュートに捨てた。これでゴキブリが死んだとき、私は近くにいないことになる。

ダストシュートから自宅の扉までは急ぎ足で往復30秒かからなかった。だが、部屋に戻ると、書斎の机の同じ場所に裏返しになったゴキブリが脚でワシャワシャと宙を掻いていた。まるで裏返しになって身動きが取れなくなった亀のようだった。そのうち、だんだんと深刻さが薄れてきてどこまでやれば逃げ出すのか、それともどこまでやっても逃げないのかを試してみることにした。

私は書斎にいるとき、瓶に香り付きの蠟を入れたキャンドルに火をともしており、火をつけるためにバーベキュー用のライターも常備していた。そのライターの火をゴキブリに近付けてみたが、逃げる様子はなかった。次にインセンス（西洋やインドのお香で手に持って遊ぶ大型の線香花火と似たもの）に火をともして、燃えている部分をゴキブリに近付けてみた。ついには押し当ててもみたが、それでもゴキブリは逃げなかった。ただ、ふと気が付くとキャンドルの炎が30㎝以上の大きさで燃え上がっており、火事のおそれがあるので慌てて消火した。どうやら私はゴキブリを虐めているということで警告を受けたらしい。仕方がないので、また名刺入れサイズの箱にゴキブリを入れてダストシュートへ捨てた。

（あなたのメッセージならばわかりました。もう相手にせず、普通に駆除します）

この一連のゴキブリ騒動で何も返事をしないサイババに向かって宣言すると、背中を机や床、地面などにつけて脚をワシャワシャさせるタイプのゴキブリはめったに出なくなった。ただ、その日から最終的にアパートを引き払って日本に帰る7月までの8か月の間、我が家はゴキブリに悩まされるようになった。バルサン系の薬品の使用を禁止する規則があったので、アパートの管理者に薬剤を散布してもらうようなこともあった。できることはいろいろしたが、毎日のように孵化したばかりのゴキブリが数匹、主に食卓テーブル周りに出るようになって辟易した。

また、蠅かアブかわからない飛来昆虫が台所に来るようになった。外は氷点下で家庭用冷蔵庫の冷凍庫以下の温度であるときもあった。何より、アパートの高さは50ｍほどあるのだ。ひどいときにはマルハナバチくらいの大きさのアブが閉めてある窓のガラスを透過して現れ、台所の電灯にとまって羽根を鳴らして存在を誇示した。しばらく観察して駆除を覚悟したところ、また閉めてある窓のガラスを透過して去っていった。名前も知らない虫の死骸が本棚の棚の上に現れることもあった。

2人家族とはいえ、家族を巻き込んでの異常現象は制御できなかった。それに物理世界の現象なので、

（思考の源に対して力を奪って物質界に転生させる）

と念じて対処するわけにもいかず、さらなるストレスとなった。

その一方で、サイババへ仲介する「Power of Prayer」をぽつぽつと続けているうちに２００４年の年末となっていた。国境をまたいだ街の霊能者のグループにも声を掛けるなどして、総計50人弱の方々に実施した。何らかの霊的視野を持っている方も多く、一部には術中にサイババを見て会話した方もいた。私は満足だった。

私を有力霊能者とみなす人も増えて、一部の熱心な人の人生そのものまで預かるような気持ちにもなっていた。ただし、家内には何をしても抱えている症状の軽減にはつながらなかった。

～ 救済 ～

サイババとの対話は続いたが、まだすべてを捨てて日本に帰る決断はしていなかった。だが、事務所は閉じるつもりでいた。自分の将来的な収入のあてについては心配の種ではあるが、そんなことを気にする余裕すらなく、サイババ絡みの要求やその対処が続いていた。

まず、地元のサイババの信者が集まるサイセンター(1)に行くことが要求された。行ってみると、100人を超える参加者のうち2、3人を除いてすべてがインド系の参加者で、皆がヒンディー語で歌を歌っている会だった。このころ、耳音痴（音を区別して認識できない）、喉音痴（声域が狭い）、頭音痴（脳内で異なったメロディに編曲して記憶してしまう）、さらにはリズム音痴だった私は何もできず、この活動に参加することはありえないと思いながら座っていた。ただ、インドの神の名が頻繁に出てくることだけは理解できた。サイババからは帰りにナグチャンパ(2)というお香を買うように言われ、それを数箱購入した。

（外出するときは香をリビングルームで焚くこと。家に押し入らんとする危険人物から守る）

このようなメッセージを受け、やむなく買い物のための外出やダストシュートに入らない大きさのごみ捨てなどのときは、食卓テーブルで焚いた香が切れたらつぎ足すよう家内に頼むことになった。ある日、買い物へ出るときに23階のエレベータホールに40代、50代あたりの見慣れぬ男性が立っていた。映画に出てくる小悪党がこれから何かをするのであろうという、いかにもな目と表情をしていた。エレベータに乗る前に声を掛けたが完全に無視された。買い物から帰ってくるとその男はまだそこにたたずんでいた。家に戻ると、言われたとおりに香を焚き続けた家内が不満と不安で怒っていた。

次の日、1階のごみ収集場所に大きなごみを出すときにも香を焚くように言われた。短い間ではあったが、食卓テーブルの上で香を焚いたあと、消したり動かしたりしないよう家内に頼み込んで家を出ると、エレベータホールからまた別の見慣れぬ男性が歩いてきた。訪問者以外でその通路を使う家は自分の家を含めて3軒しかない。前の男よりも少し若いようだったが、目と表情は前の男のそれと同じだった。声を掛けたら無視されるのも同じだった。私はその男が非常階段につながる扉を開けて視界から消えるまで待ち、最速でごみを出して戻った。

また、自宅アパートのある部屋には多数の魑魅魍魎がいると言われた。気配の違いが皮膚感覚でわかる自分でも、危険だとわかるレベルでその部屋には何かが充満していた。香を数本焚いたら嫌な気配はしなくなった。私はサイババに一気に解決することを頼んだ。

翌日、危険だからと家中の浄化を言い渡された。すべてのバッテリーを外し、特定のものを捨てることを言われたが、さすがに車椅子などの家内の必需品についてはできない。それを伝えると、ベランダに出すように言われた。与えられた時間は20分だった。私はあらゆる電池と電気コンセントを外した。ただ、ラップトップパソコンの充電が時間内に放電できず、また捨てることもできなかったので対処を聞いた。

（そこは任せなさい）

ラップトップパソコンの電池の完全放電には2時間以上かかるはずなのだが、たった数分のうちにバッテリー不足でパソコンの電源は落ちた。パニック状態の家内にはベッドルームに退避してもらった。ただひたすら謝って頼み込むしかなかった。

私は残りの香すべて、20～30本をプラスチックのコップに立てて、そのすべてを焚いてトイレに籠った。トイレは香の煙で前が見えないくらいになったが、不思議と咳き込むことはなく普通に煙の充満した空気で呼吸をしていた。30分後くらいに香が焚き終わると、プラスチック製のコップの一部が熱で溶けていた。

それ以来、外出するときに香を焚く必要はなくなり、また不審人物が現れることもなくなった。

このころになるといろいろな浄化に関わる指示らしいものが増えた。無理難題ではないにしても実施するのが大掛かりで、かつ家内に迷惑をかけるような指示ばかりがサイババから出るようになった。

２００５年の正月は自分だけでなく、家内すら心身が疲弊した状態で迎えることになった。

サイババの要求は家内に負担が増す方向へとどんどんエスカレートしていき、最後には家内もとうとう号泣してしまった。私はそれ以上、サイババの要求を満たすことができなくなった。家内は精神科への受診を勧めたが正月休みで予約も取れない状態だし、そもそも医療機関が役に立つとは思えなかった。

１月２日だったと思うが、自分の顔の表情筋が自由にならないチック症[3]が散発し始めた。声を出すときに発症すると自分の声の質が一気に変わり、まるでホラー映画の悪魔憑きの声のようになった。ここに及んで、家内には精神科へのなるべく早い受診を約束した。

私は書斎に戻り、サイババに聞いた。

（あなたの望みは何で、どうしてこのような仕打ちをするのか？）

（私の望みはお前が何の心配も不安もなく暮らすことである）

（それが望みなのであれば、あなたが全知全能であることを受け入れてすべての指示に従う）

（今からすぐ床の拭き掃除をしなさい）

私はすぐに掃除を始めたが、チック症状などで拭き掃除すらなかなかうまくできなかった。

（障害の原因を捕らえるために祈りなさい）

祈るたびに症状は消えたが、またしばらくすると復活した。何度も祈って症状を消しながら、なぜこうなったのか自問自答していた。床の掃除が終わるころには、反省点がわかり、サイババに改善することを伝えるとチック症状が再発しなくなった。

その日から断捨離作業が始まった。最初の晩は徹夜で、次の晩も深夜にふらふらになって倒れるまで続いた。すべての荷物、それこそ昔の領収書から名刺に至るまでのひとつひとつについて、捨てるもの、祈ってから捨てるもの、大事に保管するものを指示された。自分が見落としていた引き出しの底の紙片に至るまで指摘され、処分することになった。ごみを出すときにもそのまま出すと駄目出しがあった。

（ごみとサイババに感謝して、正しく処理されることを祈りなさい）

この駄目出し以降、私はごみ出しの際の祈りは欠かしていないと思うが、19年経った今になって考えてみると私はサイババのメッセージを一部誤解していた。

（ごみの中にもサイババを見て、感謝して正しく処理されることを祈りなさい）

というのが正しいメッセージなのだと思う。実際に、これはサイババの教えと一致している。

続いて、手洗いでの水と石鹸の使い方にも駄目出しがあった。最少の水と石鹸を使って手を洗わなければならないのだ。あまりにも細かい日常生活への指導だったが、それでも真摯に実践しようとした。だが、3日ほどで無理だと諦めた。情けないとは思ったものの、詰め込みすぎでまるで奴隷のように感じた。改めて、私は両親に甘やかされて大人となり、さらに家内にも甘やかされて生活していたのだと実感した。

私の箸の上げ下ろしまでに注文を付けるようなサイババからの指導とうまくできるまで繰り返される駄目出しで、まともに日常生活ができなくなると痛感したときのことだった。また地元のサイセンターに行くことを命じられた。

インド系の方々が歌うヒンディー語の歌に合わせることもできぬまま、ただそこに座って過ごしたあとに購買で買い物を命じられた。売っているのは帰依者から買い取ったサイババ書籍の中古本がほとんどで、どれもとても安い。百均の本屋にでも来ている感覚だった。何を買うかはサイババから指示を受けていて、〔この本棚のこの棚の右から何番目の……〕と時間をかけて探していると店番のロシア系の方から声を掛けられた。

「サイババに言われて買い物を……」

と言いかけたら、耳のゴワゴワとした振動が大音量でやってきた。サイババとの会話について何も言わないようにすさまじい剣幕で叱られた。

店番の方は私がサイババについて何も知らないでここに来るようになったことを理解して、おすすめの品を紹介した。

―ガーヤトリーマントラの説明本とカセットテープ

―1990年の夏季講習講話録（和訳サティア　サイババ『ブリンダヴァンの慈雨』国際語学社 ISBN4-905572-98-3）

サイババの指示で買ったのは、おすすめされた上記2点と店番の方が声を掛ける前に見つけた、

—インストルメントバジャン(4)

という題のCDでボーカルのないミュージック音源だった。

あとから、サイセンターで歌っていたヒンディー語の歌がバジャン（神の讃歌）であり、このCDには代表的なヒンディーバジャンの旋律が11曲含まれていたことがわかった。さらにその後、このCD音源はインドのアシュラムでサイババが登場する時間にBGMとして使われていたものだと香苗さんから聞いた。

買った本には食事の制限や帰依者としての生活のいろはが書かれていた。私はその本を開くときにまた駄目出しを受けた。

（まず、「この本の内容を実践します」と強く決意して感謝と祈りを捧げなさい）

本の内容の実践、ガーヤトリーマントラ[5]（ヒンドゥー教における最高峰のマントラ、真言とされているもの）の詠唱、環境音楽としてのバジャンの旋律を聴くのが外せない日課となった。特に、ガーヤトリーマントラについては暇さえあれば唱えていた日もあり、そのうちに脳が浴室の換気扇の音をガーヤトリーマントラと錯覚するようなこともあった。

　サイセンターから戻る運転の途中ではいろいろと自問自答、あるいは内省をしていた。

（どうして自分がこのような仕打ちを受けたのだろうか）

　私に閃いた答えは、こうだった。

（家内を蔑ろにしてひどい仕打ちをすることになっても、サイババに命じられたなどと信じて実践したからではないか？　本当は家内の気持ちを最優先にすべきだったのではないか？）

そう思った瞬間、誰かが私の頭を上から手で押さえつけた感触があり、私の頭は激しい頷きのジェスチャーを何度もさせられた。その間、耳のゴワゴワは、

（そ〜だ、そ〜だ）

と大音量でがなり立てた。

そのあと、私の喉の筋肉が勝手に震えて意図せずに声を出していた。

「お前は馬鹿だ。大馬鹿だ。本来ならお前のような奴は放置するのだが、しょうがないから受け入れてやる。お前の妻を神と思え。お前の妻に仕えよ」

私は心身に重篤な障害がある女性と人生を共に歩む決意をしたはずなのに、霊能力の発現で周りに集まる女性との生活に興味が移り、間もなく家内を捨てる決断をしかけていた。すべての根源はここにあったのだ。それゆえにサイババが介入したという

のが回答だった。ちなみに、なぜ介入してもらえたかについては自分の努力、あるいは良いカルマだと思っていたが、実はまったく違った。本当の理由は別にあることがこのあと10年以上経ってからわかったのだった。

私は帰宅後、家内に土下座して今までの許しを請うた。

「私がどんな思いで高志さんと暮らしていたか理解してもらえる日が来るとは思わなかった」

このあとからのサイババの駄目出しというか指導は家内とのコミュニケーション改善のための手ほどきだった。あらゆる会話で、

（ダメ）

（まあまあ）

（よし）

と適切な受け答えが身に付くよう、リアルタイムで指導を受けた。

実は当時は知らなかったのだが、私のコミュニケーションパターンは典型的なアスペルガー症候群のものだった。相手の気持ちや感情を捉えることが苦手で、すべてを機械的、論理的に判断して答えていたため、家内が望むものを共感的に理解できず、不和が起きていたのだ。

「自分がどう考えるか」

ではなく、

「相手が何を感じているか」

が重要だったのだ。それがまったくわかっていなかった。そもそも交通事故で脳の一部を摘出して、言語障害がある女性とあえて結婚した夫としては完全に落第だったのだ。

この3年間の催眠療法ほか実際的知見により、これまでの自分では想定できなかった人の感情や心理について実践的に学ぶことができた。そのため、会話の表面の論理ではなく、心理的に何を望んでいるのかを推理できるようになっていた。そして、表面上はアスペルガーとはわからないだろうコミュニケーション力を身に付けていた。だが、本来それは顧客相手ではなく、まず家内に活かさなければいけなかったのだ。

今では私を知る人で、私が引きこもり好きで会話が苦手ないわゆる陰キャだと思う人はいないだろう。実際にはサイババの指導と蓄積した経験から、存在しない共感力を論理思考でエミュレートして（疑似的に模倣するように働かせて）、コミュニケーション能力の底上げをしているだけなのだ。

以降は毎日、飽きもせずに霊能力を封印してもらうように祈った。仮に無意識に発現することがあっても、誰も傷つけることがないように重ねて祈った。そのうち、霊能力の低下とともにしつこく飛んでくるいろいろな思考の頻度も低下した。サイババ以外の存在との思考のやり取りを拒否したかったし、また拒否できているつもりでもいた。

霊的関係の図書類はすべて順次祈りを捧げて処分した。ただ、このサイババの経験は、マイトレーヤグループの創始者の手紙にあるような「迷妄」だとはどうしても思えなかった。グループにはその旨を伝えて脱退した。いろいろととても親身に世話をしてくれていた日本人の北米地域世話人の方には申し訳ないと思ったが、私はサイババの帰依者として生きることになった。

当時は知る由もなかったが、サイババの本にはなぜこのようなことが起きるのか、ヒーリング一般についてのメッセージがあるので掲載しておく。

「**ヒスロップ**　カリフォルニア州で、あるヒーラーが、サティヤ サイ センターに加入して自分の治癒力をババの帰依者たちのために使うことを希望しているという状況があります。そのセンターの会長は、そのヒーラーの手から流れる力によって病気が癒されたことがあると言っています。そして彼は、そのヒーラーはババが送ってくださったのであり、ババがそのヒーラーを通じて癒しを行っておられるのだと考えています。私はこの件に関するスワミ⑥のお考えをお伺いするように頼まれたのです。

サイ　そのヒーラーから流れている力はスワミのエネルギーではありません。それは邪悪な力です。そのヒーラー自身が癒しを必要としています。神の力はいたるところに存在しています。それは、人の内部から出てきます。（ヒスロップと車の運転手を指して）この二人の身体は、丈夫で健康です。（健康は神の力によるものであり、ヒーラーという外部の媒体は必要としないという意味）

ヒスロップ　そのヒーラー自身も疑問に思っているのです。彼は自分のやっていることが良いことかどうか知りたいのです。

サイ　それは良いことではありません。そのヒーラーから流れているのは神聖な力ではありません。

ヒスロップ　それでは私たちは、どのようにして癒しを受ければよいのでしょう?

サイ　通常の医療手段と祈りによってです。

ヒスロップ　でも、スワミ、病気の人がヒーラーによって癒されたという例が世界中で何千もありますが、彼らの場合はどうなのでしょう?

サイ　どんな恩恵を受けたにしても、それは一時的に治癒されたと感じるだけのことであり、本当に癒されたのではありません。もし癒しが起きるとすれば、その人が神を感じたり、神のことを思ったりしたことによるのです」

『サティヤ サイ ババとの対話』Ｐ１９６−１９７

原則として、術者も被術者も真摯に神を求めていることが認められないとヒーリングも「Power of Prayer」も、あるいは催眠療法も本当の意味での効果を発揮しない。そもそも効果を発揮することができた人は、誰にも頼らずに神に祈ればそれで良かったのである。確かに、アメリカやカナダで見聞きした末期がんの消失など再現できないけれども、実際に起きたとされる奇跡的治療は「すべてを神に捧げて祈った」というケースだったように思う。

サイババは日本に戻った私の読むべき図書の中にこの本を含めてくれたこともあり、自らの「Power of Prayer」を含むヒーリング能力を封印する祈りにも、叡智への理解から熱意がこもった。ただし、エゴがあると知らず知らずのうちに漏れ出ることもあるようで、いまだにサイババの夢で警告されることもある。

（妖力が出ています）

自分の弱さと情けなさを感じる。ちなみに、「妖力」というのはサイババの夢で使われていた表現をそのまま使っている。霊能力が火であれば、妖力は燃料のようなものだと考えている。

※　　※　　※

さて、日本に帰ることになり、仕事はどうなるのかとサイババに聞いてみた。エンジニアの仕事からは4年近く離れていたし、40代に入った私を厳しい中途採用枠でとってくれる会社はあるのだろうか。それに面接のとき、この4年間で何をやっていたかについて嘘をつくことは許されない。

サイババはネットの検索ページで制御系エンジニアの求人を探すように指示した。どのリンクをクリックするか細かに指示が入り、気が付くととある求人に履歴書と職務経歴書を送ることになっていた。

その会社は業界最大手のプラント用機械部品製造会社の日本支社で、新卒に近い年齢の若手技術者を募集していた。サイババの指示なので申し込みをしたが、ミスマッチが甚だしかった。ただ、意外にも返事はすぐに来た。なんでもこの会社の同資本系列の姉妹会社がプラント輸出業務の経験、かつ超大型天然ガスプラントの制御系エンジニアの経験者を探していたらしい。私は求められる条件すべてに合致していた。自分がカナダで何をやっていたかを示すために、カナダの日系新聞の記事も提出した。それにもかかわらず、私は5月に面接を受けて9月からの勤務開始で採用された。それも想定外の高給だった。その仕事内容についてここで書き記すことはできないが、大きな問題を抱えていた超巨大プロジェクトのテコ入れ目的での採用だった。今までのすべての経験が、カナダでうだつの上がらない事務所を運営した経験ですら役に立った。その仕事をサイババと共にただ真摯にこなしていたら、あらゆるところから絶賛される結果をもたらした。私の社会復帰のために、あらかじめ用意されていたとしか言いようがなかった。

さらにこの会社は、グローバルでの倫理規定の遵守にトップダウンで注力しており、帰依者としてもとても過ごしやすい環境だった。

私を採用した会社のアメリカ本社は、この結果を見て日本での新規部門立ち上げへの投資を決めた。私はその部署の中核となり、あとから入社した優秀な管理者の方の下で定年退職するまでそのまま勤め上げた。そして、この本を書いたのだ。

（1）サイセンター：サティヤ・サイ・ババ・センターのこと。
（2）ナグチャンパ：サイババが自らプロデュースしたとされる香。サイババのアシュラムでは定番の商品。
（3）チック症：本人の意思に関係なく繰り返し出てしまう症状のこと。自分の意思では止めることができない。
（4）バジャン：寺院や宗教的な集いで歌われるヒンドゥー教の神を讃える内容の賛美歌。

（5）ガーヤトリーマントラ：ヒンドゥー教における最高峰のマントラとされている。ヴェーダ聖典のエッセンスすべてを含むと言われている。

（6）スワミ　：自分自身の主人、師を意味する。世俗を離れて修行する僧侶に対する敬称でもある。

第二部

第二部では、魂、霊、真我について下記の3つに分類しています（筆者の便宜であり、特定の宗教の教義と一致するものではありません）。

●魂
転生によって消滅しない意識。過去世の記憶を持ち、肉体をまとうときはカルマ（業）、ヴァーサナー（性癖）の影響を現す。

●霊（個我）
魂の上位存在で魂を解脱させるために転生先や転生環境を定める。ほぼ神仏の視点と力を持つが、普段は観察のみを行う。

●真我
ただひとつの本体、アートマ、あるいは唯一神とも呼ばれる。すべての霊は真我の現身が自らを真我から分離された状態と誤解することから生じる。

～ スワミとの生活 ～

ここからは帰依者として、尊神サティヤ・サイ・ババ様を聖者、師匠の意味で《スワミ》と表現させていただきます。ここでお話しするスワミについては基本的に私の中での内なるスワミがメインになりますが、一般的によく知られているサイババ（1926年―2011年）との対面については「肉体のスワミ」と述べることにします。

話を戻して2005年1月、帰依したあとに起きたことをテーマにまとめて記します。

家内の希望で勤務開始を9月とした私は、家内を優先してスケジュールを組みました。とは言っても、近場への旅行や簡単な家事手伝いが中心で時間はあり余っていました。スワミからは本にある日常生活に関する御教えの実践のほか、今までに培ったいろいろな人脈を帰国するまでに断捨離するよう指示がありました。誰に何を話すかについて厳しく、また細かく指示されることもあり、強制的な断捨離もありました。

スワミの振り付けに合わせて振る舞った結果、私に熱心だった方などが、

「何でこんなにハマっていたのか今ではわかりません」――栞奈さん

「あなたの目を見ていると怖くて、これ以上ついていくことができません」――あおいさん

といった言葉とともに連絡を絶っていきました。

また、

(どんなことがあってもこちらから連絡してはいけない。黙って泥棒のように出国しなさい)

と指示された方もいました。その方については、私が勤めていたSHIATSU院を訪れたときに私が帰国したことを知ってたいへんショックを受けたようだと、あと

から香苗さんに聞きました。この方を筆頭に本書では触れていない私への依存度がとても高かった少数の方々との断捨離はかなり心残りでしたが、スワミの指示に従ったのです。

もちろん、帰国後も連絡先を残して数年に一度など連絡を取る方もおられますので、すべての方と完全に断捨離となったわけではありません。それでも、帰国までにはスワミの納得するような形で整理がついたようでした。

さらに、帰国後からはスワミより健康オタクを禁止するようにも言われていました。実は私はカナダにいるとき、健康オタクだったのです。毎日、ハワイ産のスピルリナとショウガ、ニンニク、ニンジンのジュースを飲み、蒸したパパイヤを食べていました。また、毎月血液1滴の顕微鏡観察をして調整するサプリメントも摂取していました。当時は、多少の怪我ならすぐに治るくらいの免疫力と自然治癒力を誇っていました。

ただ、スワミは帰国後より健康オタクを禁止したのです。その理由は、

（お前を病気にしたいのだが、難しい。このままではがんを与えるしかなくなる）

とのことでした。私はがんになるよりましだと思い、それを受け入れました。毎朝のようにジュースを作る時間は取れないだろうという思いもありました。それに加えて、50歳を過ぎたときに摂取カロリーを1200kcalまで落とすようにも言われました。しかし、カロリー計算をして守っていたのは最初だけで、そのうち体調が少しずつ確実に悪化していきました。男性ホルモンや甲状腺ホルモンの一部が極端に減り始めたのです。初めは更年期のホルモン系の異常かと思ったのですが、ホルモン治療には反応しませんでした。後述しますが、これはのちに大きな問題を引き起こします。

さて当時、私の魑魅魍魎対応のための祈りは、

（そのような思考を送る存在をスワミの手により物質界の輪廻の鎖にはめ込んでもらう）

というものでした。

（自分たちだけが安全なところから好き勝手に人を操って遊んでいる立場から、逆に操られる立場を経験して学べばよい）

（虫か何かから始めるのかなぁ）

あまりその祈りの結果については考えてはいませんでしたが、今考えると不思議なゴキブリがその祈りの結果だったのでしょう。もっとも、そのような存在はそれこそ星の数ほどいますので、いちいち祈って対処しても、すぐにまた他からの思考がやってきます。スワミの伝記やいろいろな御講話を読み、実践して体感することを繰り返す過程でスワミからこのような存在に対する対処法を教わりました。

（古の聖者はそのような存在を慈愛で浸した）

そのとき、日本の青年がスワミのアシュラムで演じたブッダ（お釈迦様）の劇が思い出されました。修行中のブッダは悪意をぶつける悪魔に取り囲まれたとき、慈愛を送ったのです。そして、悪魔は白い鳩に転じて去っていきました。私は明確に意識せず、魑魅魍魎をゴキブリに転生させていたようです。しかし、心底自分を苦しめ悩ますような存在に慈愛を送れるほど私は聖者に近くはありません。そのため、今の私はスワミに私の代わりに慈愛で浸してもらえるようにとお祈りしています。

また、私がセドナで見た『覚者』の手によってなされたという不思議現象、書店で会ったとされるマイトレーヤ、師としてのマイトレーヤ、ベンと名乗るイエス・キリストについてもスワミが私のために作成した分身や教材だったとのことでした。スワミがされるこのような行いは一般にはリーラ（神の遊戯）とされていますが、私にとっては常に教育的含蓄があり、私のあずかり知らぬところのカルマへの配慮があったのだろうと信じています。あからさまな悪人面をしていた方々は分身なのか、それともカルマによってそこに導かれたのかはわかりません。スワミに聞いた答えが正確なのか、自らのエゴによる反射、反響、反映の結果なのかについては、スワミの伝記や御教えなどを深く実践することなく判断できないのです。

同様に、マイトレーヤグループが説く、世界の株式市場が崩壊したときに、マイトレーヤが降臨するというメッセージが実現するかどうかについても私にはわかりません。正直なところ、もう興味がないのです。

スワミによれば、神の恩寵を受け取る資格は人であれば誰にでもあるということです。もし仮に必要な霊格というものがあるとすれば、それは『人として生まれること』です。インドの聖典には百人単位の人を殺した盗賊が恩寵を得て聖者になった例が記されており、実際に日本人帰依者の体験談には殺人事件への関与で有罪となり、収監中にサイババ体験を求めて与えられた方もおられます。

※　※　※

だんだんとその頻度は落ちていったのですが、帰依当初は毎晩スワミの夢を見ました。ほとんどが無言の夢で、起きたあとにスワミに意味を確認する必要がありました。

帰国するまでに見た夢の中で今でも覚えているのは特に印象深いものだけです。

【夢の中で私が誰かと命懸けの肉弾戦をしていて、それを傍観者の立場で見ている。その2人が闘いながら別の次元に上昇していく。すると、私と闘っていたのが実はスワミであることに気付く。私は必死にスワミの顔に拳を当てようとしているが、スワミはグローブをはめており、かつ寸止めで、スワミは私にはまったく攻撃を当てていない】

スワミはあらゆる領域で活動します。迷妄の領域は迷妄のスワミとして活動しますが、スワミの意図なしに迷妄のスワミが現れることはありません。たとえ迷妄の領域であっても、そのスワミに集中し、対話することができるのであれば有用で、いずれ迷妄のスワミでなく、スワミそのものとの対話に変わっていくというのが、自分の体験としてこの夢に凝縮されていたように思います。

たとえ（振動率の低い）迷妄の領域のスワミであっても、あなたがそのスワミに集中することで、おのずと自らの振動率が高まり、その結果、意識が高まり迷妄の世界から抜け出すことができるのです。

また、それ以外の夢だと、

【家内を苦しめているすべての怪我と症状が治って、家内とスワミの御写真に向かってバジャンを歌っている】

といったものもよく覚えています。

「スワミが夢に現れるのは、皆さんが望んだときでなく、スワミが意志したときのみに限られます」

１９９８年11月24日『一体性の実践』

「夢の中で神のヴィジョンを得た、と言う人々がいます。瞑想の中で神のヴィジョンを得た、と言う人々もいます。さらには、英知の目を通して神を見た、と言う人々もいます。これらの主張のほとんどは、人の迷妄の結果です。それらは本物ではありません」

2004年10月25日　Sathya Sai Speaks Vol.37

「どの夢が現実なのでしょう？　神と関係のある夢は現実です。あなたは夢で私を見て、私があなたにパーダ ナマスカール[1]〈御足への礼拝〉を許し、あなたを祝福し、恩寵を授け、サティヤ サイババの教えをさずける――これは本当です。それは私の意志とあなたの霊性修行（サーダナ）によるものです。もし神、あるいは、あなたのグルが夢に出てきたら、それは神の意志（サンカルパ）によるものに間違いなく、夢を生じさせる他の理由によるものではありません。あなたが望んだ結果としてこの種の夢を見ることは、絶対に不可能です」

1965年7月14日　サイラムニュース163号

当時、スワミの御講話の内容についてもほとんど知らなかったので、あとになって夢の解釈や心の中のスワミからのメッセージが、迷妄による産物だと思い知らされたことがあります。それは夢でパーダ　ナマスカールをさせてもらったあとの会話でした。また、一番内容に信憑性のある夢でのスワミの言葉でわかることもありました。

私には、自分が受け取るメッセージの真偽を確かめるために必要な叡智がまったく欠けていたのです。

その一例です。

私はカナダから帰国するまでの間、スワミにありとあらゆる質問をしていました。自分が追い求めていた「理」を知るうえで、スワミに話しかけ答えてもらうというのは言わば究極の方法です。抗えるわけがありませんでした。

—最初の物質界創造
—魑魅魍魎の種類と対処法
—太陽系内の惑星の変遷
—日本の持つ役割
—戦国時代の終了にまつわる、神の意図と派遣された「役者たち」について
—過去と未来、多元宇宙

ひとしきり自分が満足するまで知識を得たあと、ウェブページにまとめてパスワー

ドを設定し、非公開としました。マイトレーヤのときと同じことをしたわけです。

帰国して半年ほど経った2006年初頭あたりでしょうか。一度だけ私は夢の中でパーダ　ナマスカールをさせてもらったのですが、スワミが私にあることを伝えたあと、私はウェブページの内容の正確さについて尋ねました。

「4分の1程度」

翌日、私はウェブページを消して、パソコンからすべてのデータを消去しました。

日本に帰ったあと、家内が暮らすことのできる住居が見つかるまでは、東京センター[2]になるべく近い月極のアパートを借りて一人暮らしをしました。その間は家内には実家に行ってもらいました。

私は東京センターのある方に自分の悩みを話しました。

「皆さんの中に、スワミからのメッセージを頻繁に受けている方がおられるのはそばで見ていてわかりますが、羨ましい限りです。私も頻繁にスワミと会話しますが、自分の問題で間違いが多くて困ります」

「それは、全員に言えることです。まず、スワミからの返事がもらえるようになるのが第一目標ですが、そのあとはその返事やメッセージが本物か迷妄かを判断するための識別心を身に付ける段階になります。みんな間違ってばかりで苦労しているのですよ」

「やはり、御講話を読んで実践するしかないのでしょうね」

「愛を持った実践が一番大事と言われています」

私個人の理解では、スワミと対話できる人はその対話の中に間違いがあって当たり前だということなのだと思います。エゴがなくなれば真我実現できるとされていますが、もしも、すべてを正しく理解できるのであれば、その人はすでに真我実現しているのでしょう。ほぼほぼ全知全能になっているような人が殊更にスワミと対話して質問をすることはありません。

余談ですが、ここで「ほぼほぼ」と書いているのは、「完全に真我実現すると、その方の細胞は真我のエネルギーに耐え切れずに数週間で崩壊して肉体を去ることになる」と言われているからです。肉体を維持するために、神のアバター（化身）であってもわずかな迷妄を身にまとうのだそうです。

私はやらかしまくった挙句に帰依者になったので、自分の間違いを認めることに今さら苦痛を感じないようです。それゆえ、間違いが見つかったらまず内省をして、自分に働いているエゴの影響を炙り出す機会が来たとみなして前向きに捉えます。よりいっそう、スワミの御教えの勉強と実践を深めて、同じ間違いを犯さないように前に進めばよいのです。

※　　※　　※

帰国後、私はスワミの指示で、とあるネットの掲示板に書き込みを始めました。それは霊的なものをテーマとしている掲示板でした。モデレーターの方は北米にお住まいの日本人で自分の霊能力を使って相談に対する回答をされていました。私はスワミに回答を許された投稿に対して書き込みをしていました。モデレーターの方も私の回答を促しておられました。

その中で、ある特定の質問者、具体的には自宅にてポルターガイスト(3)系の諸問題が発生している方への回答は、自分自身の経験と理解に基づいていたものだったのですが、とても効果があったようでした。やがてその方と直接連絡を取り合うようになりました。その方との連絡が頻繁になったころに、スワミの夢がありました。

その夢の冒頭、パーダ　ナマスカールをさせていただいたというか、食い気味に御足に飛びつくようにさせていただいたあとに、スワミはおっしゃいました。

「人助けはそれくらいにして、もっと家事をしなさい」

そのあとで、前述の自分のウェブページの内容について質問することになったのです。

それ以降も掲示板には書き込みを続けていましたが、サイババの街としても知られているインドのプッタパルティでスワミのアシュラムへ3回目の訪問をしたとき、肉体のスワミから完全に無視されるという扱いを受けました。

（もう、掲示板から去ります）

と心の中で念じるように伝えると、そのときの訪問で初めて目を合わせてくれました。

そのような経緯により、スワミはただ1件のみ私の帰依前の霊的経験知とスワミの御教えの実践智を用いて、問題解決のお手伝いをさせていただく神縁のある方をお示しくださいました。その方は青森のリンゴ農家の須藤さんなのですが、いろいろな問題が解決するまでには15年かかりました。具体的なお手伝いの内容は、須藤さんのお宅で起きたことについて、スワミの御教えをどう当てはめて実践していくかを解説することでした。その過程でガーヤトリーマントラ、ヴェーダ[4]の吟唱、バジャン、地域社会への無償の奉仕、地域の神社への礼拝などが実践されるようになりました。これをきっかけに須藤さんとはお互いの家を訪問したりする、遠くに住む仲の良いはとこのような関係になりました。今では、ヴェーダを唱える畑でできたリンゴとリンゴジュースはリピーターが多数つくほどになったそうです。２０２２年には近くの岩木山から鷹がリンゴ畑上空を周回するようになり、鳥害が出なくなったそうです。収穫が終わると鷹は来なくなったらしいのですが、２０２３年はリンゴの花が咲く前なのに畑で仕事をするご主人の周りを飛び交っていたのだとか。この年の津軽のりんご農家は猛暑・鳥害・猿害・熊害で平均３～４割の減収とのことですが、須藤さんはいつもより収量が多かったとのことです。

須藤さんが体験した不思議現象とスワミの導きによる解決、すなわち「神の栄光の一幕」は、それだけで1冊の本になる分量でしょう。

※　※　※

スワミが夢で祝福してくれたことが一度だけあります。

2009年ごろでしょうか。全世界のサイババオーガニゼーション(5)で一定期間、ガーヤトリーマントラをたくさん唱える催しがありました。私はとても忙しい時期だったので、電車の中や歩いているときなどの通勤時間中にもガーヤトリーマントラを唱えていました。この催しの最中に倉敷に出張していたのですが、そのホテルでのことでした。

私は夢を見ていました。その夢ではスワミが街中をパレードのように練り歩いていました。私は少しでも近付きたくて、いろいろと先回りをしてスワミを待っていました。しかし、なぜか直前でスワミが進行方向を変えたり、あるいは私が待機場所に着いたときにはすでにその場所を通過していたりと、スワミに近付けませんでした。

私は悲嘆の声でスワミに呼びかけました。

「スワミ」


そこで、目が覚めました。

私はホテルの部屋のベッドで寝ており、足元のほうには備え付けのテレビがありました。

ふと、左を見るとスワミが枕元に立っていらっしゃいました。

私はスワミが部屋までいらっしゃったと思い、歓喜しました。

スワミは私の胸の中央部を指さして、日本語でおっしゃいました。

「ここに嵐が詰まっています」

「スワミ、取り去ってください」

スワミは手を私の胸の中央部に置きました。私は自分が死ぬかのように感じて大声で叫び始めましたが、スワミが胃の上のあたりをもう片方の手の指で押さえると、恐怖は去り、叫び声を漏らすこともなくなりました。その後、胸の中心部を起点として全身に暖かい、少し粘性の高い空気が流れている感じがしました。私はこのような感覚について「エネルギー的な何か」と表現していましたが、このときの感覚については「スワミの愛」として認識するようになりました。

さて、2、3分はその状態が続いたでしょうか。気持ち良く全身を流れるスワミの愛に身を任せていたら、自分の足元にもうひとりのスワミがいらっしゃって両足の足裏に両手を当ててくださいました。枕元のスワミと足元のスワミの間で視線を往復させた私は、いまだに夢が続いていることを理解しました。そこで何かスワミに尋ねたかったことを直接聞いてみようと考えました。

スワミの恩寵が終わり、私とスワミは1対1で相対していました。そのとき、私の口から出た質問は、こういう機会のために考えておいた内容とはまったく違うものでした。なぜその質問がその場で口に出たのかはわかりません。

「スワミ、私はどのくらい（幾多の前世を含めて）神を恨んでいたのでしょうか？」

「どうしようもないユダージェダイーユダージェダイーユダージェダイ。せめてユダーヒランニャーユダーヒランニャだったら良かったものを」

そこで目が覚めて、カーテン越しの朝日に照らされたホテルの部屋にいる自分に気が付きました。その日の朝はそのまま目覚まし時計が鳴るまでの間、全身にスワミの愛が流れている状態で余韻を楽しんだのでした。

自らの内なるスワミに夢の内容についていろいろと確認しました。インドの聖典やイエスの生涯をご存知の方ならば、スワミの使った言葉の定義が理解できたかと思います。スワミは私の過去転生時の神との関わり方についてパターンを説明してくれたのです。

ユダ ― 神の帰依者でありながら神を裏切る
ジェダイ（ジュダイ） ― 自らの低位霊能力を誇って戦い、しばしば闇落ちするか、誇りゆえに滅びる（ユダヤ教で魔術に傾倒して黒魔術までに至ったジュダイと『スター・ウォーズ』のジェダイとで、どちらがより適当か、あるいは両方当てはまるのかは微妙です）
ヒランニャ ― ひたすら神を憎む

実は、人間は愛するよりも恨み、憎むほうが集中力を深く、長く維持できます。生きていながら全知全能の域に至る真我実現ではなく、死ぬ前の最後の一息で神に100%集中して至る解脱においては、神を恨んだほうが愛するよりも簡単だとされています。程度の問題ですが、インドの聖典の悪役たちはこの恨みの道で解脱したと言われています。

別の夢で、スワミからパーダ　ナマスカールを許されたわけではなく、恩寵を受けたわけでもないのでその言葉が完全に真実だとは言い切れませんが、

「お前にはあらゆる経験をさせた」

と言われました。きっと私はヒトラー級の悪役転生も数をこなし地獄落ちはおろか、無間地獄を含む地獄巡りも経験させられたのでしょう。それでいて、奴隷も王も経験しながら神に到達できず、神を恨んでいたようでした。神の恩寵で胸の中央部に巣くう嵐を少なくとも部分的に取り去ってもらった私は、このにわかには受け入れがたい情報を素直に受け入れることができたのです。

（なぜ地獄落ちの悪役転生が必要になったのだろうか？）

という疑問を《神の御意思》という一言で飲み込むことができない私には【理】、すなわちスワミの御教えを実践する必要がありました。すべての【理】を学び、自ら

の実践智として落とし込むには人生はあまりにも短いように思いました。50を過ぎてから体調が下向いたこともあり、60の定年退職まで仕事を続けたら、あとは家事手伝いとスワミの下での霊性修行、そしていくらかの世俗の趣味のセカンドライフに進むことをスワミに願いました。

今生においては至高神のアバターがスワミの肉体として活動している時代、かつその情報が世界に伝わる稀有な時代に転生を受けました。それなのに、マイトレーヤグループの本に傾倒するまではスワミのことを奇術師と疑って生きていました。そんな私がスワミに帰依して霊的干渉力を忌避して生きる生活に入ることができたのは、自分の積もり積もったカルマを考えるとありえないことで、疑問に思うことも多々ありました。

（結局、カナダでの大暴走は自分には最適だった）

と肯定的に考えることすらありました。

この疑問への答えを知ったのは、帰依して10年以上経ってから受け取った香苗さんからのメールでした。

（1）パーダ　ナマスカール：御足に触れる礼拝のこと。インドにおける最大級の礼拝で、聖者に対して行われる。
（2）東京センター：東京のサイババセンターのこと。サティヤサイ東京センター。
（3）ポルターガイスト：特定の場所において、誰も手を触れていないのに、物体の移動、物をたたく音の発生、発光、発火などが繰り返し起こること。通常では説明のつかない心霊現象の一種。
（4）ヴェーダ：インドで少なくとも三千年前より伝わる教典集で主に詠唱するマントラよりなる。日本で言うとお経のようなもの。
（5）サイババオーガニゼーション：サティヤサイオーガニゼーションのこと。正式なサイババの団体。

〜 恩人　本物の聖者 〜

香苗さんからのメールで最近、目が悪くなり、さらに婦人科系の病気になったという内容のものがありました。普段、彼女からそういった内容のメールが来ることはありません。ただ、私にはすぐに思い当たることがありました。なぜならば私は目を酷使しており、家内は婦人科系の病気に悩まされていたことがあったからです。

「もしかして香苗さんが私と家内のカルマの一部を背負っているのではないか」

と思った私がメールを送ると、それに対する彼女からの返事にすべての答えが書いてありました。

※　※　※

彼女はたびたび未来予知夢を見る人です。実は、あの東日本大震災の数か月前にもメールがありました。

「中東で人々が大規模なデモをしていた。そしたらまるで戦争でもあったように破壊された街が見えた」

そのあと、中東のいくつかの国で民主化を望むデモがあったときに、このデモが中東の内乱か戦争になるのだろうと考えていました。自分に直接関係がないと思ったので、お祈りはしましたが、気には留めませんでした。

ただ、彼女が視ていたのは津波被害にあった日本の街の情景でした。彼女のメールには日本の街と書かれていなかったので、私は誤解していたのです。実は、彼女が出すメールはしばしばスワミによって差し戻しになっており、

「情報を極端に絞らないとメールが届かない」

と私が帰国して以来、何度も伝えてくれていました。彼女が見た予知夢に関連する人へ情報を出すこともあるので、私は行間を読んでメールに書かれていなかった情報についてスワミに尋ねるべきだったのですが、遠くの国の話と思ってそうしませんでした。彼女は頼んでも動くタイプではないのですが、ごく稀に頼みもしないのに動いてくれることがあるのです。

※　　※　　※

彼女は、私がカナダにいたときに私の未来の夢も見ていました。それがあまりにもひどかったので、スワミに祈って私をスワミの庇護下に入れてもらうようにしたのだそうです。２００４年11月23日の私がスワミの管理下に入る祈りはそれゆえに即座に叶えられたのです。そうでなければ叶えられる祈りではなかったのです。しかしながら、彼女がスワミに何か特定のことを祈るときには、カルマの代償を引き受ける覚悟が必要です。それゆえ、彼女は自らに私と家内のカルマの一部を背負ってしまったのです。

そして、彼女が視て、慈悲によりスワミに祈った夢は、

「高志さんが人を殺して刑務所に入る」

というものだったそうです。確かに大暴走の終わりごろ、国境をまたいで霊能者のところへ行くときに私の心へ変な思考が強く襲ってきたことがあるのです。

（手斧を買って持っていけ）

当初、私が頻繁に教えを求めて訪れていた霊能者がいたのですが、実は急速に霊能力を付けた私とその方が比較されるようになっていたそうなのです。そして、結果的に私が彼のマーケットを荒らしたように捉えられたようなのでした。もしスワミがい

なかったとしたら、何があったかわかったものではないのです。

　そのときはスワミに祈ってそのような危険な思考を振り払うことができました。

～　介入　～の章でスワミが私の指を操作して、香苗さんを女神とみなすように指示したことを書きましたが、実はそのタイミングこそが、彼女が私の殺人予知夢を見てスワミに祈ったときだったと理解しています。私にとって、そして家内にとっても香苗さんはまさに人としては恩人、行動としては聖者、女神だったのです。

　今の私が彼女にできるわずかな恩返しは、彼女のメールをスワミからのメールだと思って、どんな内容であっても真摯に返事をすること、そして助言があればそれを聴く努力をすることです。あとは毎日、スワミに彼女についてのお執り成しを祈ることだけです。今でも彼女の助言というか、希望が私の中の最優先事項となっています。

「高志さんがお父様の亡くなった年までナーラーヤナセヴァ[1]（地域社会において、食べるものがなくて困っている方たちの中に至高神（ナーラーヤナ神[2]）を視て、食べ物をお捧げする無私の奉仕活動のこと）をすることが希望です」

私の父は満84歳で他界しました。私の中では家内と最後まで連れ添うことと84歳までナーラーヤナセヴァをすることが人生の2大目標となっています。この2つが叶うのであれば、私は他事については重大視していません。もちろん、平和で豊かな暮らしを続けて今生で解脱できるのがベストですが、今生でも大暴走時にいろいろなカルマを積んでいるので自分の祈りの中からは外しています。

2019年ごろ、香苗さんの見た夢についてメールをもらいました。その夢では私が出てきて彼女に感謝の言葉とともにケーキを差し出したそうです。たいへんおいしかったそうなので、わずかながらもできる恩返しはできていると思っています。

（1）ナーラーヤナセヴァ：ホームレスの方々に食事を配給する活動のこと。貧しい人々をナーラーヤナ神そのものであると捉えて、霊性修行として奉仕を捧げる。

（2）ナーラーヤナ神：インド神話で原人とされるナラの息子のこと。創造神とされる。ヒンドゥー教の重要な神格であるビシュヌ神の呼称としても用いられている。

～　帰依者の末席にて　～

魂の性癖はヴァーサナーとも呼ばれますが、転生にわたって保持される思考、感情、行動パターンのことです。スワミのダルシャン(1)（神を視ること）を受ければそれまでのすべての罪が許されるとされています。しかし、魂の性癖が矯正されないと人はまた同じカルマを積んでしまいます。それゆえ、スワミはサティヤサイオーガニゼーションという団体を設立して、スワミの御教えのグループにおける実践の中で魂の性癖を正していけるように取り計らってくださいました。

「エゴに鉋をかけてそぎ落とす」

とも言われています。オーガニゼーションの活動の中でエゴを削られてつらい思いをすることもあります。自分に必要だから起きているという神への愛によっていろいろなことを受けて入れていくその過程で、スワミの愛を感じたり、最終的には至福を経験させてもらえたりすることで励まされながら神へと戻る道を辿るのでしょう。そして、一度でも至福を経験すると世俗のありとあらゆる事柄が取るに足りないものと認識できるようになるため、無欲の人間になれるのだろうと思っています。

私は帰依者としては出来が悪いというか、おまけで帰依者にさせてもらった人間なので至福なるものを経験したことはありません。ある夢で自分の立ち位置を教えてもらったことがありますので、恥を忍んで記します。

その夢は2005年に帰依して日本に帰り、東京センターに出入りし始めて間もないころに見せてもらいました。

夢では私の前に一団の方々がいて、そして少し距離を置いて私がひとり立っていました。まるでベルトコンベヤーの上に立っているかのように、その方々も、そして私も前に進んでいました。ベルトコンベヤーの先には神、光、あるいはスワミがおられるのを理解しました。同時に、前にいらっしゃるグループは長年この活動を継続していらっしゃる方々だと理解しました。ふと後ろを振り返ると、さらに大きなグループが、私から少し距離を置いて同じようにベルトコンベヤーの上で進んでおられました。

改めて前を見ると、皆様はすでに神、光、あるいはスワミと認識された場所に到達して私には見えなくなってしまいました。次は自分の番だと思った瞬間に、私はスワミの前に立っていました。

「お前にはお前の時期がある」

そこで夢から醒めたのです。

日本へ帰るにあたっては、スワミに言われて身に着けるものをすべて新調することになりました。なぜかというと、悪いエネルギー的な何かが浸み込んでおり処分が必要とされたからです。もともと私は同じ衣類を10年単位で、それこそ穴が開くまで着るような人間なのでちょうどよい機会でした。スワミの指示で私は濃紺のシャツ、上着、下着、カバン、靴、パジャマクルタ（インドの伝統的な寝間着で、香苗さんが餞別代わりに作ってくれたもの）を身に着けることになりました。本来ならば帰依者、特に男性は白を身に着けるものなのですが、私のカルマと性格を表現すると濃紺となるので、よく自覚するようにと指定されたのでした。

スワミの評価や自己認識とは異なり、私は2004年11月23日のスワミの管理下に入るお祈りのあとに、いろいろな方々からスワミを強く感じると言われるようになりました。それはサティヤサイオーガニゼーションと無関係の場所でも、瞑想会やインドのお寺などでも散発的に起きました。どうやら私は祈りの結果としてスワミの着ぐるみを着たラクシャ（悪魔系の魂、激性の属性が支配的な魂のこと）になったようでした。初めは自分のオーラ的な何かが大きくなって、かつ神の息吹を得たと思っていましたが、あまりも頻繁に私に対する誤解を招くことになるので10年も経ってからスワミにお願いして、オーラ的な何かのサイズをスワミのおすすめのサイズにしてもらっています。

1万m競走は1周400mのトラックを25周しますが、サティヤサイオーガニゼーションの活動を真摯に続けることができる方は、最後の1周を走っているところだと言えるでしょう。私はどれだけの周回遅れかわかりませんが、周回遅れで前にいるため人より速く走っているように見えるだけなのです。

この機会をお借りして、もしスワミの着ぐるみを着た私のことを誤解されておられる方がいらっしゃった場合には、認識の訂正をお願いする次第です。

私が日本に帰って東京センターに出入りするようになったタイミングと、日本でヴェーダを練習するようになったタイミングは不思議なことに一致しています。私が初めて東京センターの活動に参加した日、ヴェーダの練習会の案内がありました。そのときに強烈なスワミの指示があり、選択の余地なくその2泊3日の練習会に参加することとなりました。当時の私はヴェーダがインドのお経であることすら知りませんでした。

さて、バジャン（神への讃歌）さえ苦手な3重音痴＋リズム音痴の私の舌は太く短く、外国語はおろか、日本語の発音すらわかりにくいと聞き直される経験が数限りなくありました。幸い、スワミに帰依した前後で自分の出す音と耳で聞く周りの音の間のうなりに注意することにより、周りと音を合わせることができるようになりました。

耳音痴が大幅に改善されたのです。ただし、音の聞き分けや聴音については、異なる音や旋律を明確に脳の認識野へ伝える脳神経の接続が人並みになるまでに時間がかかりました。また、少なくとも斉唱なら音を外さずに参加できるようになったので、歌を歌うことが日常的になり、自分の音域が広がって喉音痴も緩和されました。脳の中で旋律を勝手に編曲するという頭音痴はなかなか改善の兆しがないのですが、同じ曲を真摯に100回ほど神の前で独唱（リード）することで、旋律が脳というよりも血液に浸み込んで特定の曲は脳内で編曲されなくなりました。

ようやく人並み以下程度になったということではありますが、このような音楽的才能の開花は43歳まで音楽を忌避して生きてきた人間にとっては神の恩寵です。私の雄大な目標は還暦を過ぎてからの絶対音感の獲得です。通常、絶対音感を身に付ける時期は4歳がピークなので、3歳から訓練が必要だと言われています。

しかしながら、ヴェーダの習得に関わるハードルはバジャンの比ではないのです。私は開き直って自分の下手なヴェーダを唱えるようにしました。下手なヴェーダを唱えると罪になるのですが、私は罰を受けながらも下手なヴェーダを唱え続けました。

最初はヴェーダを唱えると下唇が縦に裂けて出血しました。ただ、これは半年ほどで止まりました。また、ヴェーダを唱え始めてから首に尋常性乾癬が発症し、年々広がって今に至っています。それでも私はヴェーダを唱えます。スワミの指示が常に強いというのもあるのですが、これには～ 青天の霹靂 ～の章で書いた霊能者のことも関係しています。アメリカにいたころ、電話で話した霊能者は私にとって一番大事なことは「音楽」であると言いました。本人は未知の語彙をきちんと文字表現できなかったのでしょうが、本来はヴェーダのことを意味していたのだと今なら確信を持って言えます。幸いなことに、18年間の努力でヴェーダを学んで唱えるという習慣はほぼ身に付いたようです。

練習を重ねてもなかなか修正されない癖については、なぜ治らないのか内省すると自分のトラウマや思い込みが原因だと気付きました。スワミに、関連する記憶の浄化や行動の変更を祈ると癖が修正できるようになります。それならばいつか、それがたとえ死ぬ直前であっても、神の恩寵でヴェーダを正しく唱えることができるようになると信じて、今日も神に謝りながらヴェーダを唱えます。もちろん、バジャンも歌います。

そうすることによって、ヴェーダの叡智が実践智として魂に刻み込まれることを願っています。

※　※　※

初めてのプッタパルティ（スワミの生誕地）のアシュラム訪問はスワミの指示により２００６年の年末になりました。それまで私はまるで電車のようにスワミ一直線な時間を過ごしていました。こちらから何も伝えなくても、香苗さんのメールも私の順調な暮らし振りに満足していた様子がありました。

この時点では私はスワミの以外の神格存在全般、有相の名前がある神であろうが、無相の名前だけの神であろうが関係なく、良い印象を持っていませんでした。せっかく最高至尊の神の傘下に入れたので、それ以外の神仏は無用か、あるいは足を引っ張る存在のように思えたのです。ただ、それはそのような神仏を奉じる宗教団体の指導者たちがまとう権威に対する強い反発心がいまだ強く残っていたからでした。インドのお香を焚くための香台に象の絵があるというだけで使わないほど徹底していました。

無知な私は、いまだに今生で真我実現してみせるつもりでいました。低位霊能力、あるいは霊的干渉力は放棄して封印してもらいましたが、いずれ真我の力、あるいは高位霊能力を身に付けるときが来ると思って全力であたっていました。そして、改めて世直しのためにできることをするつもりでもいました。

帰国前に見た夢で、

「いずれわかるが、この世のためにお前がするべきことは何もない」

と言われていましたが、当時は意味がわかりませんでした。

初めてプッタパルティに行く方には特別な試練が与えられるという話は、本を含めてよく知っていました。特に何の問題もなくプッタパルティに着いた私は100人以上寝泊まりできる大部屋に入りました。その数日後から夜寝ると空咳が止まらなくなりました。昼は問題なく、空咳以外は熱も体調不調もありませんでした。昼間にするスワミとの会話が間違いであるケースが続き、これは無理やり横隔膜を痙攣させて咳を出させる問題の源と同じなのではと思ってスワミに祈りました。ただ、事態は悪くなるばかりでした。周りに迷惑がかかるので夜中に外で立って朝を待とうとしましたが、そうすると咳が止まるので、夜番のセヴァダル（アシュラムの管理担当の奉仕者）に戻るように促されてしまうのでした。

咳をしないように耐えてベッドに横たわりながら、私はスワミ以外の存在、この咳を引き起こす存在に語り掛けました。その存在は帰依後も頻繁にスワミと私の対話にスワミの振りをして割り込んでいたと語りました。名前を尋ねると、

「ガナパティ」

と有相の神であるガネーシャ神(2)（象の頭をもつ神様）の別名のひとつを名乗りまし

た。私は腹を立て、何とかこの自称ガナパティを懲らしめて咳を止めさせようとしましたがうまくいきませんでした。

その後、ベッドで横になっていると突然瞼の裏にガネーシャ神のヴィジョンが鮮明、かつ繊細にオレンジ色の線画として現れました。しかも、そのヴィジョンはとてもなめらかで、高画質の動画としてガネーシャ神が踊っているのです。目を開けるとそこは大部屋でしたが、また目を閉じると動画の放映は続いていました。ガネーシャ神は私の体の上で踊っていて、顔を踏むときは足の裏や足首のアンクレットについた鈴が揺れているのも見えました。

ほんの1分かそこらのヴィジョンでしたが、スワミのメッセージは明確でした。私は有相の神も礼拝しなければならないのでした。そのあとからアシュラムにある大きなガネーシャ神の神像や他の神像にも礼拝するようになりました。

余談ですが、このヴィジョンがあまりに強く印象に残ったので、私は踊るガネーシャ神の神像を見かけると衝動買いしてしまいます。ついには踊っているガネーシャ神の姿形を指定して専門の神像メーカーに一品物を作ってもらうまでになりました。それは自宅の祭壇の中央に鎮座しており、毎日拝んでいます（表紙の写真はこの神像の写真を加工してヴィジョンに近づけたものです）。このメーカーというか商店は伝統を守った製作法で寺院にも神像を納入しているところだったのですが、実はこのつながりが付録で記された、とある孤児院への寄付とその後の長い交流への結びつきのひとつとなったのです。

夜の咳は堪えに堪えていましたが、継続的に休みなく襲ってきました。ガナパティと名乗る存在と話をするとその間だけは咳が出ない（横隔膜が強制的に痙攣させられない）ので何度もやめさせるように説得したり、スワミにお執り成しをお祈りしたりしましたが、埒が明きません。そのとき、ある閃きがありました。

（私に何度も間違ったメッセージを意図的に送っていた、そして横隔膜の痙攣を起こしているガナパティは本物の神格で、なおかつ自分の一部として受け入れるべき存在なのではないか？）

そう気が付いた瞬間、胸の中央にガナパティが吸収されていくのを感じました。祈りも承諾も意識的にする暇もないうちにそれはなされ、横隔膜の痙攣は収まりました。そして、それから二度と発生することはありませんでした。

私とスワミの会話の中には、自分が楽をするために聞いたことや本来スワミに聞いてはいけないような欲まみれの動機のものも多々ありました。そもそもスワミは他人のことについてメッセージを授けるようなことはしません。そのような無益な質問にはスワミの代わりに自らが否定していた神格、有相の神のグループの主としてのガナパティが混乱させる誤答をしていたのでした。ガネーシャ神は障害を取り除く神とされていますが、実は障害を与える神とも言われています。この経験は、自分が至高神の創造の主要部である有相の神を否定していることで自分のハートの一部を、そして至高神そのものも否定していたことに気付かせるために起きていたのでした。すべては自分の誤りに気が付かせるための神の恩寵のひとこまだったのです。

それ以降、インドのお寺はもちろん、日本の神社やお寺にも頻繁にお参りするようになりました。祀られている神格やお札、あるいは岩のような自然のものに対しても隔たりなくお参りするようになったのです。

さて、このアシュラム訪問時の夜には2回目のヴィジョンもいただきました。自分が何もないところから物質が出てくる体験をして、その仕組みについて漫然と考えていたときのことでした。それはどのようにして物質化が起きているかについて、その舞台裏を明かす動画でした。

その中では、人型が両手を挙げて大騒ぎしていました。その人型の出す数限りない思考やエネルギーが目に見えない小さな存在、すなわち魑魅魍魎、あるいは精霊に伝わり、それらが楽しそうに共同活動をして、物質界につながる穴を開けて対象を送り出す……これが物質化現象を引き起こす仕組みだったのです。

自分の身の回りにおきる異常現象は原則として本人の心が平安でないがために、その人の思考が原因で周りの精霊を動かして発生していたのでした。2度も戻ってきたエノク書はスワミに祈るまでは、自らの過去世のカルマにより何度でも戻ってきたことだろうと思います。エノク書は死海文書の中の魔術書とされていますので、過去世で何度も魔術に関わっていたのであろう私が、今生でも魔術的に引き寄せていたのだと納得しました。

また、魑魅魍魎と呼んでいた、いまだに心の中で私に絡む存在には殊更に排除の心を捨てるか、一度保留してスワミの慈愛に浸してもらうようにお祈りをするようになりました。少しずつ自分に来る思考すべてが神になるか、神に近付くように祈っていきます。このプロセスは1日にして黒から白に変わるのではなく、グラデーションのように少しずつ灰色が薄くなっていくのです。

体調が戻った私は早朝に起きてダルシャン待ちの列の先頭に並ぶようになりました。先着順でインタビュールームという小部屋に入ることができるのです。まだ夜も明けぬ時間から列の先頭に立っていると、白人の若者が話しかけてきました。彼と小声で、

「スワミのダルシャン（神を視ること）はすべての罪を洗い流す」

という話をしていたときに突然、両目から涙が溢れました。水道の蛇口を開けたか

のように両目のあらゆる場所から滝のように涙が流れ、頬というか顔全体を濡らしました。涙が流れる原因は刹那的な思考、あるいは気付きでした。

（今までのあらゆる苦労や苦しみが、何千年かわからぬ長さの鬱積が、すべて報われた）

何も言わず私を凝視する若者に会釈をすると、私はしばし顔を拭うことなく神の承認に浸っていました。この神による承認欲求の充足を経験した私は以降、他の誰かに承認を求める心の動きについては取るに足らないものだと感じています。

私は自分の力で今生も、また来世があるなら来世でも、世直しのために立ち上がるような人生を放棄して神と共に神の指示で生きていこうと、ダルシャンの時間にステージの中央で椅子に座っておられる肉体のスワミに誓いました。そのとき、私は柱の陰でスワミとの視線はつながりにくい場所に座っていました。スワミは席をお立ちになるとステージ上で男性側へ、それも私の正面の位置まで移動されました。そして、私を見つけて驚きの目を向けられると1分間以上はそのまま私の方向をご覧になっていました。私の周りに座っていた方々は立ち上がって両手を挙げ、スワミの突然の視線に応えておりました。その一方で、私は黙ってスワミと目を合わせて自分の誓いを意識の奥深くまで刻み付けていました。

※　　※　　※

仕事が過労死レベルの激務となった２００８年から２００９年までは、真面目にスワミの帰依者を1日24時間していたと思います。この仕事のあとから無理が祟ったのか、それとも食事についての誤解があったのか、体調を崩し始めました。今振り返ると、大きな欲望を放棄したために、エゴが今までは取るに足りないとしていた小さな欲望を刺激するようになったのだと思います。

私は食べることでストレスに対処するようになりました。そして帰依して以降、体重はそれまで維持していた72kgから増え始め、気が付いたら94kgまで太っていました。

50歳を過ぎてスワミからカロリー制限を言い渡されたにもかかわらず、それを守ることができなかったのです。また、フルタイムの帰依者からパートタイムの帰依者になって自分の趣味に時間を割くようになっていました。オーガニゼーションの活動はきっちりこなしていましたが、自宅ではのんびりできるときはのんびりして、体調の悪化とともに瞑想やヴェーダチャンティング[3]がおろそかになっていたのです。毎日できていたのは祈りとガーヤトリーマントラ（真言）だけになりました。

それまでのことは何も伝えていなかったのに、香苗さんからはあだ名をもらいました。

「まるでダメ男さん」

ただ、この体調の悪化には、とあるハーブの濃縮液が効果を発揮しました。それはプッタパルティへ行ったときに、アシュラムの売店で見つけたインドと中東の混合ハーブ濃縮液でした。この話を香苗さんにメールすると、香苗さんの言葉というよりも心の中のスワミのような言葉で返事が来ました。

「そのハーブとヨガの特定のポーズ、そして呼吸法を実践すれば、お前の体調が回復する。しかし、お前は何のために病気になったのか？」

この体調不良で自らの集中力と執務能力、体力とスタミナを失い、私のプライドは傷ついていました。ただ、不思議なことにサイオーガニゼーションで通訳のセヴァ④（奉仕）をするときやナーラーヤナセヴァのときだけは不調がなくなり、いつも通りかそれ以上の働きができたのです。

その一方で、仕事には支障が出るようになっていました。仕事に集中できなくなり、ミスが続くようになっていたのです。最後には1か月に3回もの交通事故を起こしてしまい、仕事を半年休むことになりました。

ちなみに、2回目の事故では急発進時、車の前に来た女子生徒の自転車とぶつかり、転ばせてしまったのですが、あとからやってきた親御さんの車のナンバーは「3188（サイババ）」でした。3回目の事故はナーラーヤナセヴァに行く途中の高速道路で意識が遠のき、中央分離帯に斜めから車で突っ込んだのですが、たまたま前後左右に車がなく、事故後も車を路肩まで移動できたので大惨事には至らなかったのです。通報して来てもらった高速道路管理の方は、ガードレールの損傷が軽微とのことでこの件を事故扱いにしないでくれました。車は全損扱いとなりましたが、私は無傷でした。しかも、この回のナーラーヤナセヴァはとても稀なことに、私が突然参加できなくなっても材料や配布のための台車の手配などの問題が起きない回でした。スワミの恩寵は途切れてはいなかったのです。

ただ、このままの状態では仕事が続けられません。そこで南インドでアガスティア[5]の葉を探し、カルマ落としを試みることにしたのです。

（お前の葉はろくなものが出てこないが、お前の妻には役立つ）

という不思議な言葉をもらいましたが、私はとにかく行くことにしました。アガスティアの館[6]は南インドのあちこちにあるのですが、地図を見ながらスワミにおすすめを尋ねるとマイラードゥツライ（Mayiladuthurai）の市街地から少し外れた場所を示されました。ですが、その街にはアガスティアの館はありません。結局、その場所に一番近い館へ行くことにました。

その館の方の話では、かつてはアガスティアの研究所がマイラードゥツライ近郊にあり、そこでアガスティア聖[7]によって残された葉や石に書かれたデータを木簡に転記して、一元管理していたとのことでした。スワミの御示しになった場所は、その研究所を示していたのかもしれないと思いました。ちなみに、研究所はイギリス軍に接収され、木簡は何度かにわけて競売に出されたために、現在は複数のアガスティアの館が存在しているそうです。アガスティアの館同士で木簡を貸し借りして複写することもあるという話でした。

その館で出たというより、担当の方が選んだ木簡に記載されたカルマ落としとしてするべき項目の中には、

「障碍を持つ２０８人以上の子供に食事をお捧げする」

というものがありまして、近くにあるという障碍者孤児院を紹介されました。その孤児院はマイラードゥッツライにあったのです。

私はその孤児院に何度も訪れ、セヴァをさせてもらうことになりました。なぜならばその孤児院には障碍者孤児を対象としてバルヴィカス教育(8)（スワミの定めた幼児から18歳までを対象に愛を花開かせる教育）が行われていたからです。そしてこの孤児院、さらには何度もお世話になった長距離タクシー運転手の方の実家家業という2か所で数年後にスワミの奇跡、あるいは「神の栄光」が起きたのです。詳細については、付録をご参照ください。

南インドへ定期的に行くようになってから体調はそこそこ持ち直し、なんとか定年退職まで勤めることができるようになりました。月に交通事故を三度起こすほどの体調不良のカルマも、今思えば私のプライドを削る効果と神の栄光のための道具としての役割を果たす効果があったのです。あとから考えると、この体調不良は祝福にほかなりませんでした。

オーガニゼーションのスタディーサークル資料で強く心に残ったものがあり、私は再び自分にねじを巻くべく60歳で世俗の仕事を辞めました。ストレスを減らし、運動を始めて、体調管理を心がけるとともに、ヴェーダのチャンティング時間を増やし、バジャンも毎日スワミに捧げるようになりました。

また、家内の必要を満たすことを最優先に持っていきました。自分の理想とする生活にはまだ程遠いですが、前向きな心を維持できています。

サティヤサイオーガニゼーションは会員たちが皆で学び、皆で善行を積んで【親愛の道】を進むことができるよう、スワミによって事細かに運営規約が定められています。各国のオーガニゼーションのリーダーがスワミの課された運営に関する御教えをすべて真摯に実践すれば、その国の未来はとても素晴らしいものになるでしょう。

スワミは60歳までは夫婦間の性行為も含めて世俗で帰依者として過ごし、60歳から霊的な生活に入るように指導されています。実際、私も60歳で仕事を辞めて霊的な時間を増やしてはいますが、とても出家者のような清貧、かつ集中した生活を維持できないでいます。どうしたものでしょうか？

ある教育学の論文によると良い習慣を身に付けるのには、年が若ければ若いほど必要な期間が短いという実験結果が示されています。小学生ならば2、3年で身に付く良い習慣も40代、50代と年齢を重ねると10、20年かけて不断の努力をしないと当たり前のようにはこなせないのです。例えば、歯磨きの習慣などがわかりやすいでしょう。同じように、真摯な霊性修行や奉仕を始めるのも早ければ早いほど良いのです。

（仕事を引退したら頑張ろう）

などと今何もしないでいると、たとえ60歳で引退してセカンドライフに入ったとしても誘惑に負けて、理想の生活を手に入れるのは難しいでしょう。だからこそ、誰を神や仏として拝むにせよ、良い習慣を身に付けるべく【信愛の道】を進み、あるいは自らの信じる宗教や御教えの実践を始めるのは今日からであるべきなのです。

さもないと、私のように60歳までに身に付かなかった良い習慣を、今さらながら20

年かけて身に付けるべく足掻くことになります。

とは言え、私は将来の世界情勢や経済の不明瞭さ、家計問題、健康問題など、将来について不安に思うことはほとんどありません。「まるでダメ男さん」のままではありますが、恥ずかしながらいまだに口うるさく叱ってくれるスワミと、そして夫婦関係が大幅に良くなって、症状が続いていながらも元気に暮らす家内と共に毎日笑って生きています。

ジェイ　サイラム

（1）ダルシャン：神像やマスター、聖者を通して神様を視ること。
（2）ガネーシャ神：困難や障害を取り除き、福をもたらすとされる、豊穣や知識、商業の神様のこと。象の頭をしている。多数別名があり、「ガナパティ」とも呼ばれる。
（3）チャンティング：詠唱、マントラを唱えること。

（4）セヴァ　：サービス、奉仕のこと。

（5）アガスティアの葉：古代の聖仙アガスティアが残した個人に関する予言が書かれているとされるヤシの葉の貝葉の写本の一種のこと。

（6）アガスティアの館：アガスティアの葉が保管されている場所のこと。

（7）アガスティア聖：インド神話に登場する聖仙のこと。

（8）バルヴィカス教育：子供がすべての人に対して愛といたわりをもって成長することを願った教育。教育の最終目標は人格形成であるという信念に基づいている。

後書き

本書でお伝えしたかったことはインテグラル・ヨーガ、あるいはパタンンジャリの『ヨーガ・スートラ』（ISBN978-4-8397-0045-4）のＰ３０５に簡潔に示されています。「霊能力（シッディ）なるものを求めるのは心であり、なぜそれを求めるのかを尋ねれば人助けなどの言い訳が出てくる。だが、本質的には自己顕示欲である」というのが要点で、著者のスワミ・サッチナーナンダは当然これを看破しています。

私はこの本を過去に読んでいたにもかかわらず、激しく暴走しました。ただ、神の恩寵により私は破滅の道から救ってもらい、帰依者の末席に加えてもらったのです。

知識を大きく分類すると書物知、見聞知、そして実践智となりますが、霊性修行においては実践智以外の知識はしばしば障害となりえます。皆様におかれましては正しい実践智を習得されんことの祈りを拙著と共に主、バガヴァン・シュリ・サティヤ・サイババ様の蓮華の御足にお捧げ致します。

「他の人々が言うことのために生きてはなりません。あなたには自分自身の人生があり、自分自身の心と、自分自身の意見と、自分自身の考えと、自分自身の意志があるのです。他の人々の真似をする必要はまったくありません。真似をするのは人間のわざであり、創造は神のみわざです。自分の道を歩きなさい。自分自身の神の体験によって、自らを導きなさい」

１９７９年12月25日　クリスマスにおける御講話

付録

～【理】の現在地～

最後に、私が追い求めた【理】について、自分の理解をまとめておきます。実践智として完全に自分の中に身に付いていないものもありますし、私個人のスワミの御教えに対する解釈が誤っていることも多々あると思いますので、あらかじめご承知おきください。

1. 甘いスワミと厳しいスワミ

スワミは三度アバターとして降りてこられます。19世紀のシヴァ神の化身はとても厳格な人物でした。20世紀はシヴァ神とパールヴァティ女神[1]の2柱の化身としての転生で、私のようなものには表面上厳しく、他の方の経験では甘く接してくださいました。

21世紀のスワミはパールヴァティ女神の化身としての転生で、とても甘く私たちに接していただけると思います。

スワミの説明では、19世紀のスワミ（シルディのサイババ[2]）は例えるのであれば料理を作っている最中だったということでした。いかに優しい母親でも火を使っているときには、子供が近寄れば子供を厳しく追い返します。

20世紀のスワミ（サティヤ・サイババ[3]）はできた料理を子供に食べさせている状態なので、甘い料理も苦い野菜も全部食べるように優しく子供に接しているのです。私の解釈では、デザートだけはまだオーブンで焼いているので、子供がオーブンに手を出すならば厳しくはねのけるでしょう。

21世紀のスワミ（プレーマ・サイババ[4]）はデザートを食べさせてくれるのです。出されるものはすべて甘く、どんなときにも優しく接してくれるのではないでしょうか？

欲深でデザートをいち早く確保するために無知にもオーブンに手を突っ込んだ私に対して、最初は厳しくしつけ、しつけが身に付くとともに徐々に甘く接してくれているのが私のスワミです。

2. カルマとその清算について

人は自分のカルマの重さを知りません。私のようにスワミの恩寵付きの夢の中でかなり重いことを示唆された人間もいますが、それでも私は自分のカルマの重さを知りません。スワミの伝記には、重篤な自閉症で何一つ反応を示さない赤子が、ものすごく軽いカルマの持ち主だったというケースが記されています。その赤子にとっては、解脱に必要なカルマの清算がただ生まれて死ぬことだけだったのです。

一般的に解脱のためには、すべてのカルマが清算されていなければならないとされています。しかし、人は呼吸をするだけで多数の菌を殺してカルマを生み出します。また、たくさん善行を積んで良いカルマをためた方は、その善行の結果、結実を受け取るために転生をしなければなりません。おそらくそのような方がスワミの帰依者となると、スワミは何度もインタビューに呼んでくださり、いろいろなものを物質化してお与えになるでしょう。あるいはその方の願いや祈りがたとえスワミがおすすめする内容でなかったとしても、スワミは喜んで祝福してくれるはずです。ただし、善行カルマの結果、結実は甘いものですが、神様からの明白な特別扱いを受けることにより、その方のエゴがなかなか小さくならない副作用が起きる可能性はあります。

では、どうやってカルマの完全な清算をなしえるのでしょうか？　その答えはインドの聖典であるバガヴァッド・ギーターに書いてあります。

「自らの行為の結果、その結実をすべて神に受け取ってもらう」

つまり、何の見返りも求めずに人知れず善行を積むことができれば、あなたの善行を神が言わば貯金として預かってくださいます。そして、あなたが神を愛し、神に愛されていれば、あなたの一生の終わりにする最後の一息、まさに解脱がなるかどうかの人生最大の瞬間において神があなたの貯金を使い、残ったもろもろのカルマを清算してくださいます。それによって解脱できるのです。

それゆえ、ある善行をもってカルマが燃えたかどうかなどを一切気にせず、常に想いと言葉と行動の結果、結実を神に捧げながら善行を積むのが最善なのです。このようにして解脱を目指す道のりを【信愛の道（バクティヨーガ）】と呼びます。

「あらゆる霊性修行の目的は、心を滅することです。いつの日か、21回目の打撃のように、一つの善行が心を滅することに成功するでしょう。過去に行われた善行のすべてが、この勝利に貢献したのです。ささやかな一つひとつの行為すべてが大切です。無駄になる善行などありません」

プレーマヴァーヒニー　P67

3. カルマと病気やトラウマについて、そしてヒーリングや催眠療法について

カルマはしばしば借金や貯金などに例えて語られます。また、病気や障碍、トラウマなども同様にカルマの結果とされています。私はカルマによるトラウマ体験や病気には、そのカルマを引き起こした魂の性癖（ヴァーサナー）を修正する目的があると思っています。

～　スワミとの生活　～では、スワミが帰国後から健康オタクを禁止し、摂取カロリーについての指示までしてくれていたという話をしました。ただ、そのうちその指示を守らなくなり、体調が少しずつ確実に悪化していきました。

その後についてては～　帰依者の末席にて　～で詳しくお話ししましたが、仕事にも集中できなくなり、ミスが続き、最後には1か月に3回も交通事故を起こしてしまい

ました。仕事を半年休むことになり、このままでは仕事を続けられないからと南インドでアガスティアの葉を探し、カルマ落としを試みることにしたのです。

そこでカルマ落としとしてするべき項目の中には、

「障碍を持つ２０８人以上の子供に食事をお捧げする」

というものがあり、近くにあるという障碍者孤児院を紹介されました。マイラードゥツライにあるその孤児院に何度も訪れ、セヴァをさせてもらうことになりました。そのつながりで、数年後にスワミの奇跡、あるいは「神の栄光」が起きたのです。

繰り返しになりますが、月に交通事故を3度起こすほどの体調不良のカルマも、自分の頭が良いことについてのプライドを削り、神の栄光のための道具としての役割を果たす効果があったのです。この体調不良は祝福以外の何ものでもなかったのです。

続いて、無理に病気やトラウマを解消させた場合にどのような問題が起こりえるのか、その一例を自らの体験談としてお伝えします。

カナダで催眠療法を学んだ初期のころ、ヒーラー仲間の女性とご主人にパーティーの席上で被験者となってもらったことを書きました。ご主人にはたいへん好評で、今まで苦しんでいた閉所恐怖症というか、布団恐怖症が嘘のようになくなり、毎日安眠できるようになったそうです。その後、ご主人はきわめて活動的になり、人生を謳歌し始めたように思っていたのですが、日本に帰ったあとで友人からメールが送られてきました。なんとご主人は活動的になりすぎたようで、家に帰らなくなり、そのまま家族を捨てて外国に定住してしまったらしいのです。

トラウマゆえではあるものの、本来は家庭的な夫だったご主人です。そんな彼を、家族を捨てるまで活発な人間にしてしまったのは誰でしょうか?

私の背負ったカルマは私に還ってきました。私はこの友人が紹介してくれたアメリカの霊能者にハマって自らの浄化を進め、確かな前進を感じていました。ただ、あとになって知ったのですが、彼には地元の高校生によってつけられた二つ名があったのです。

「離婚指南の霊能者」

彼の指導で浄化を続ける人は、例外なく離婚することになるため、自分の親が彼のもとに出入りするようになると、その子供は親の離婚を覚悟するのだそうです。実際に、当時は私も離婚を念頭に考えるようになっていました。それは自分の浄化により変わっていく私の目に、家内をまるで世俗の泥につなぎとめている楔であるかのように認識させる「浄化？」だったのです。

私が離婚に至らなかったのは、スワミの介入以外ありえなかったと思います。身体に重度の障碍を持つ私の家内は、実は途切れることのない神の恩寵をもたらす至高の妻だったのです。

「障碍をもつ女性を娶って幸せにしたものには神の恩寵が途切れることはない」

と、スワミはおっしゃっています。

私は自らの霊能力を封印してもらい、霊能者のご託宣などすでに耳を貸さない生活に入っています。しかし、神は必要に応じて、いろいろなチャンネルをお使いになることがあります。アガスティアの葉のリーディングも、筮竹（50本の竹ひごのようなもの）を使った占いのインド版と考えたほうが納得できる部分が多々ありました（複数の異なった館で出てきた葉が、詳細は異なるもののあらましは一致していましたので、筮竹占いよりは遥かに精度は高いでしょう。古代インド占星術のデータベースがアガスティアの葉という形になっていて、筮竹代わりに使われているのが実相のように思いました。一部の有能な人はお客の両親の名前を霊能力、あるいは神通力で当ててくるので信憑性はより高いと思っています）。それゆえ、自分に起きたことはすべて神のメッセージであり、恩寵でもあると学んで自らの内省の糧とさせてもらっています。

また、恩人の香苗さんを含めて、私が誰かに誰かを紹介することはありません。皆、自らの内なる神、あるいは良心に導かれて生きていけば一番の近道となるからです。

4．全知全能の力と霊能力について

すべての人が本来、至高神の輝きのひとつであり、本質的にこの物質世界においてほぼほぼ全知全能の存在と言えます。例えるのであれば、ひとつの月からもたらされる水面の煌めきが私たちそのものなのです。あなたも私も全員が神の輝きです。では、実際に全知全能として活動できないのはなぜなのでしょうか？　また、一部の方々が霊能力（霊的感受性・霊的干渉力）を発現していることにはどのような【理】があるのでしょうか？

私たち全員の内になる全知全能の力を１００Ｗの電球と考えてみましょう。電球の光は妨げられなければ、ありとあらゆる方向に光と熱を届けます。何にも妨げられていない状態では真我実現となり、全知全能の存在として活動できますが、肉体がその熱（神の波動）に耐えられません。そのため、長くても2週間くらいで細胞が崩壊して解脱に至ります。この熱を肉体が維持できるまでに断熱できる透明に近い布をまとうと、ほぼほぼ全知全能の存在として物質世界で活動できます。力を得んと望んで努力する人にとって、究極のゴールはこの状態だと言えます。

自らの欲望や感情、あるいはエゴ、カルマによりこの電球に3重の分厚い黒のビロードの布をかけて光が外に漏れなくなった状態、それが現代人の一般的な姿です。しかし、過去世、あるいは今生の無知から誤った修行などをするとこの3重の布の一部に小さな穴が開いたり、光が漏れるほど布が薄くなったりして、まるで木漏れ日のように光が一方向にのみ漏れている状態となります。その状態こそが霊的感受性、あるいは霊的干渉力を持つ人なのです。普通の方には見えないものが見え、あるいはエネルギー的な何かを操作し、ときには水の上を歩くことさえできるのは霊能力の発現によります。過去世においてすでに発現してしまった能力は、今生でも発現して生まれるか、あるいはわずかなきっかけや努力で発現してしまいます。

どのような修行をどのようなグルによって、あるいは自習で実践したとしてもそのような方は霊能力を発現したり、霊的体験をしたりするようになります。仮に、偽グルの指導を受けているときにそれが起きると、偽グルを本物と信じてしまうという、とても危険な状態になりかねません。

霊能力を持つこと、使うことの最大の問題はエゴが大きくなることです。エゴにもいろいろありますが、容姿、才能、出自、業績、富貴などのエゴに比べて自らの霊格の高さを誇るエゴは最悪だと言われています。後者のエゴは前者のエゴとは比較にならないほど3重の黒い布を分厚くさせるのです。霊的干渉力を使えば使うほど、そして結果が出れば出るほど周りに人が集まり、尊大な態度が許されるようになります。男性であればハーレムすら作れるでしょう。

それほど男性の性欲は克服しがたく、性欲の克服なしに霊能力を行使しているうちは、自らの性欲の充足という動機がその行使に含まれていくのです。それはカルマを積み、エゴを大きくさせることによって、真我実現から遠ざかる働きしか起こしません。そればかりか、他の霊的志向者の方々を迷わせて失敗させるという、最悪のカルマをうずたかく積んでしまうことになります。

仏教では《六根清浄一根不浄》(5)という言葉があり小乗仏教(6)系の修行者は女人禁制の

場所で修行します。関係するスワミの御教えを箇条書きにします。

「特に大きな害をもたらしかねないものが2つあります。それは舌と性欲です」

1968年11月23日の御講話

「男性のダルマ（至高の規律）は禁欲で女性のダルマは貞節です」

「Dharma Vahini」第6章

「まず怒りを克服しなければなりません。性欲の克服はその次です」

出典なし、スワミがある高名な人物にスピーチを頼み、その後に食事したときにその方に伝えたとされるメッセージ

このように霊能力は解脱、あるいは真我実現には良くてハンディキャップ、悪ければ致命的欠陥となります。

実のところ、スワミに帰依した理由やスワミの御教えを信じる理由のひとつとして、

「スワミの圧倒的な御姿を認識したから」と述べられる方は少なくありません。自らのオーラとも呼ばれるものを視る力、あるいは他の感じる力などで認識したのでしょうが、その場合は霊的感受性が真我実現の役に立っていることにもなります。しかし、それはまた大きな弱点ともなるのです。識別心を身に付けずに自分の（超）感覚による認識を優先してしまうと帰依者の足を引っ張ってしまいます。

虹の色は7色あります。電波にはAMラジオ放送、FM放送、デジタル放送、4G、5GのスマホのGHz帯のように異なる波長が用いられています。超感覚で認識する視覚、あるいは他の感覚の対象にはひとりひとり異なる波長や媒体が関わっています。全知全能でない限り、そのような超感覚を持っておられる方が認識する対象は、例えば虹の中のオレンジ色のみ見えるような限定された領域となります。スワミはあらゆる領域において愛の波動を放射しており、どのような方も、その方の認識できる領域によって《スワミの愛》というものが知覚できます。しかし、ある領域には《スワミの愛》に似た、場合によってはほぼ同じ放射をするけども、別の領域では愛とまったく異なる放射をする存在（偽スワミ）もいます。

もし、そのような存在が、自らをスワミの後継者のように振る舞った場合、あるいはスワミの使徒のように振る舞った場合、《スワミの愛》に似た放射の部分だけを認識する方は、識別の心を失ってそのような存在に盲目的に従ってしまう可能性があります。私もスワミの管理下になければ、スワミの着ぐるみ状態を使ってまたもや使徒の振る舞いをしてしまうかもしれません。

実際に、そのような振る舞いで金集めと組織化に成功している偽物の自称サイババもいるのです。偽物に従った場合、真我実現、あるいは解脱からは遠ざかることになります。霊的感受性で認識したことをスワミの御教えよりも優先するようなことがなければ、そのような偽物に惑わされることはないでしょう。それゆえ、霊能力は良くてもハンディキャップなのです。

ここで一番重要な識別の心はスワミの御教えを実践することで身に付きます。そして、霊的感受性がない方は十分な識別心を身に付けるとスワミと対話できるようになると思います。この対話は頻繁には起きないかもしれませんが、精度が高いものでしょう。もともと霊的感受性がある方が帰依した場合、スワミとの対話は簡単に始まるかもしれません。しかし、スワミの御教えの実践により識別心を身に付けないとその精度はしばしば低く、むしろ有害となる場合さえあります。私は自分自身の経験を含めて、そのような例を複数知っています。

ただ、そのような問題点を気にすることなく、スワミに常時集中することは一番良いことです。たとえスワミの返事がなくとも、また迷妄の返事をスワミの返事と間違うことを重ねても、スワミとの対話を続けることが霊性修行なのです。

5．解脱への異なる道について

解脱への道は【信愛の道】以外にもあります。【信愛の道】は肉体を離れる最後の一瞬の機会に神に救ってもらう方法で他力本願とも言われるかもしれません。他の道は例えばブッダ（お釈迦様）が辿った【叡智の道】、ひたすら瞑想する【瞑想の道】のほか、【行為の道】【ヨガの道】など自力本願の道で、成就できれば生きながらにして真我実現となります。

問題はその成功確率です。自力本願系の道は出家して一生をその道に捧げて成功率が100万分の1と言われています。つまり、100万回程度転生すれば、あるいは……という話なのです。例えば、ゴルフではホールインワンの確率が100万分の1とされています。人生のすべてを懸けてティーショットを1回だけ打つことができたとして、そこでホールインワンを出してようやく解脱できるという確率なのです。【信愛の道】ではあなたはティーショットを人生の最後の一息のときに打ちます。そして、あなたが神に捧げた善行の分だけ神がカップの大きさを広げてくれるのです。もし十二分の善行が神に捧げられていれば、神はカップの大きさをティーの位置にまで広げてくれるでしょう。また、たとえあなたが慣れないスイングで空振りをしたとしても、神は風を起こしてボールをティーから落としてカップインさせてくれるのです。

最後に私の言葉で、帰依者でない若い方々向けにお伝えしたいことがあります。

世俗では《親ガチャ》という言葉があります。親から言えば《子ガチャ》と呼べるかもしれません。あたかも《親ガチャ》で当たりを引けば人生の勝利はなかば約束されたように思われているのでしょうか？

実際には《親ガチャ》よりも前に《国ガチャ》で当たりを引く必要があるかもしれません。毎日、戦争とは関係なく4万人以上もの方々が飢えを原因とした疾病などで亡くなっています。２０００年ごろは2万4千人とも言われていましたが、亡くなる方の数は毎年多くなっています。

そう考えると、日本に生まれただけで《国ガチャ》でSR（スーパーレア）を引いているのです。

また、《国ガチャ》の前にもっと重要な《種族ガチャ》を引いて人間を引き当てなければなりません。人間を引き当てる確率はあなたが前世の果報で人間確定チケットをあらかじめ持っていなければ、LR（レジェンドレア）並みの難しさと言ってよいでしょう。

さらに、《種族ガチャ》の前には《時代ガチャ》を引く必要があります。至高神がアバターとして転生し、その情報が簡単に手に入るようになった現代、そして近い将来スワミの三番目、かつ時代最後の降臨として【慈愛の（プレーマ）サイババ】の活動が始まる今が《時代ガチャ》のGR（ゴッドレア）のときなのです。

この本をここまで読んでいるということは、あなたの《親ガチャ》はおそらくR（レア）以上でしょう。世の中には子供に教育を与えず、奴隷のように扱う親がたくさんいるのです。

つまり、あなたは4つのガチャでGR―LR―SR―R以上を引いたからこそ、今の人生があります。あなたは信じられないほど幸運な存在なのです。あるいは、それにふさわしい良いカルマをためていたのでしょう。

「人間として生まれることは、まれな特権です」

1998年7月9日の御講話

あなたはその幸運、あるいは特権をどのように使いますか?

神、および「神の栄光」を直接体験したくはありませんか?

神と共に神の仕事をしてみませんか?

苦しむ方々の中に神を見て、奉仕する喜びを味わってみませんか?

「私の唯一つの願いは、すべての人が理想的な人間として生きることです」

サイババ　「真の教育」　裏表紙

（1）パールヴァティ女神：シヴァ神の神妃のこと。ヒマラヤ山脈の山神ヒマヴァットの娘でもある。

（2）シルディのサイババ：１８３８年９月27日に生まれ、１９１８年10月15日に亡くなったインドの霊的指導者。一番目の化身。

（3）サティヤ・サイババ：１９２６年11月23日に生まれ、２０１１年４月24日に亡くなった二番目の化身。日本でよく知られているサイババ。

（4）プレーマ・サイババ：すでに生まれていると考えられる三番目の化身。

（5）六根清浄一根不浄：「六根」は仏語で目・鼻・耳・舌・身・意。「一根」は男根。六根は清めることができるが、一根だけは清めることができないということ。男性の色欲だけは抑えがたいという例え。

（6）小乗仏教：戒律を重んじ、自己自身の人格完成を目的とした仏教のこと。「上座部仏教」とも呼ばれる。

～奇跡を起こした革新的救急搬送～

サイラムニュース　第188号2019年9月―10月
P28―P31への投稿を改稿

オームサイラム
2019年の5月に南インドを訪ねたときの素晴らしい奇跡の物語をご紹介します。
私は2014年から南インドのタミル・ナードゥ州にある障碍者孤児院兼特殊学校と、院内で職員が始めた障碍者孤児対象のバルヴィカスクラスの子供たちと縁ができて、頻繁に訪れるようになりました。訪問する際には、長距離タクシーを数日借り切ってチェンナイを起点に、南インド各地を巡ります。
2015年に利用したタクシーの運転手はビヴィンという青年でした。彼はとても信心深く、私が訪れるお寺や孤児院での催しに、通訳として、また巡礼者として積極的に参加してくれました。ＩＴ系の短大を卒業したビヴィン君は、各地にあるお寺をお参りしたいという理由で長距離専門のタクシー運転手となり、そこで私と知り合ったわけです。

ビヴィン君はその後、転職してＩＴ産業に勤めるようになりました。しかし、私が南インドを訪ねるたびに、タクシーや訪問先の手配、予約、移動スケジュールの調整などを引き受けてくれます。そして毎回、旅の仲間として私の旅行にも付き合ってくれるのです。

２０１７年にはビヴィン君と一緒にプッタパルティを訪れました。彼はマハーサマーディ（スワミの霊棺）に特別な神聖さを感じたそうです。これからの自分の仕事について、スワミに真摯なお祈りを捧げたようでしたが、細かい内容は聞きませんでした。その後、彼の実家のあるティルヴェリネリというインドの南端に近い都市へ戻り、家業である民間救急車会社を手伝うようになりました。

２０１９年2月20日、ティルヴェリネリで生後45日の赤子が危篤状態に陥りました。

孤児院で撮影した写真（右が筆者、中央がビヴィン君、左が運営責任者）

助かるためには700㎞も離れたチェンナイにある大病院で手術を受けなければならなかったのですが、赤子の両親は若く貧しく、手術費用の約30万円はおろか、チェンナイまでの救急搬送費用も払えなかったのです。

インドの高速道路の渋滞はひどく、たとえ緊急車両である救急車であっても、ティルヴェリネリからチェンナイまで12時間で到着すれば上出来なのだそうです。一般車ならゆうに15時間はかかります。しかし、血液中の酸素濃度が刻一刻と減少していく難病に侵された赤子にとって、その12時間は絶望的に長すぎました。

ビヴィン君はこの赤子を何とかして救いたいと心の底からスワミに祈りました。

そして、スワミは彼の心からの祈り、また2年前にマハーサマーディで彼が捧げた祈りに応えて、天啓ともいうべきヴィジョンをお示しになったのです。

ビヴィン君は、たとえ赤字になっても、貧しい人々には相場の半額で緊急搬送を引き受けるそうです。この親子をチェンナイに搬送するためには、救急車のガソリン代、付き添いの看護師の費用、酸素ボンベの費用など必要経費だけでも日本円にして約1万8000円かかるのですが、ビヴィン君が両親に請求した金額はわずか3000円ほどでした。搬送を引き受けたビヴィン君の手元には残りの必要経費を自己負担するのにギリギリ足りるほどの現金しかありませんでした。

30万円はかかるであろう手術費用のあてもないまま、3台の救急車はチェンナイを目指して700㎞の道のりを走り始めました。不測の事態に備えて彼の会社が所有する救急車すべてが駆り出されたのです。赤子を乗せた救急車のハンドルを握ったのは、長距離ドライバーの経験があるビヴィン君でした。この勇気ある挑戦について、彼以外の誰もが、奇跡の連鎖反応でもない限り勝ち目のない賭けのように感じました。

結論から言うと、その救急車はわずか6時間でチェンナイの大病院に到着しました。病院は手術の準備を整えて待っていました。なぜなら緊急搬送中に2名の篤志家によって手術費用がすでに支払われていたからです。ただちに手術が行われ、幼い命は救われました。手術の成功を確認したあと、病院を出て帰路につこうとしていたビヴィン君を待ち受けていたのは、快哉を叫ぶ大群衆でした。皆、彼を一目見て、彼とのツーショット写真を撮りたがりました。すべての撮影の要望に応じて、ようやく出発できたのは、それから4時間後のことでした。彼は一夜にして地元の英雄となったのです。

さて、緊急搬送の直前に、ビヴィン君の祈りに応えて示されたヴィジョンとは、どのようなものだったのでしょうか？

それは、地元で人気のSNSを活用することでした。彼は前職で築いた人脈とIT知識を用いて、緊急搬送の様子を撮影し、これから危篤状態の赤子をチェンナイに緊急搬送すること、赤子に残されている時間、搬送予定先の病院名、手術代の寄付を募るメッセージなどを添えて、友人たちに拡散依頼をしたのでした。

彼が自ら救急車を運転している間に、そのSNSで、そして往路の高速道路沿線において「祭り」が発生しました。SNSを見た老若男女が、自らがバリケードを持参して高速道路への入り口を封鎖し、その封鎖した様子や救急車が通り過ぎていく様子をリアルタイムでアップし続けたのです。先に進めば進むほど高速道路は閑散としていきました。沿道には、あたかも駅伝のように、応援する人々が列をなしました。その距離は実に700kmにも及びました。参加者たちは、自分が映画のワンシーンに参加しているかのように感じたそうです。チェンナイに近付くころには複数のバイクが救急車を先導し、チェンナイ市内に入ると、なんとパトカーが登場して病院まで先導してくれたということです。

この奇跡の緊急搬送により、ビヴィン君は複数の団体から表彰されました。そして、あたかも海を割ったモーゼのように、南インドの深刻な道路渋滞にもかかわらず道を開いた男として知られるようになりました。

それから3か月ほどの間に2回、他の救急車会社からチェンナイへの道を開いてほしいと依頼があったそうです。彼はＳＮＳを駆使して、２回とも奇跡を起こしました。革新的な急患搬送方法がシステム化されたのです。

ちなみに、ビヴィン君が２０１７年にプッタパルティのマハーサマーディでスワミに捧げた祈りは、

「革新的な方法を編み出して人々を助ける仕事がしたい」

だったそうです。

私のリクエストに応じて、ビヴィン君はこの一連の出来事に関する動画を集めた「Bivi's Ambulance Official」チャンネルをＹｏｕ Ｔｕｂｅ上に開設してくれました。ナレーションはタミル語で、短い動画なのですが、雰囲気はしっかり伝わるものと

なっています。

https://www.youtube.com/channel/UCESk1ROhbLufdU4phJh4rHw

２０２３年10月にビヴィン君を訪れた時に彼は1児の父となっており、生後３か月の長男の「命名の儀式」（日本のお食い初め儀式のインド版の様な位置づけ）に私を招いてくれました。その後25年以上家族と共に支援している地元のキリスト教系の障碍者孤児院への慰問に同行しました。

コロナの期間中特にピークの五か月間は文字通りに寝食の暇すらなかったそうですが、誰も感染せずに救急搬送の事業を全うできたとのことでした。実際に緊急搬送の時よりも事業は順調に拡大しており、緊急搬送時には無かった日本の救急車のようなフル装備の救急車を2台持つまでになったそうです。

彼は私と行った初めのプッタパルティ訪問時にスワミの棺にたくさんのお祈りをしたのですが、すべての祈りが実現したとのことでした。

オームサイラム

〜 椰子の木 〜

サイラムニュース　第190号　2020年1月—2月
P87—P93 への投稿を改稿

オームサイラム

2019年の5月に南インドを訪ねたときの素晴らしい経験を紹介したいと思います。

2014年、私は南インドのタミル・ナードゥ州にある障碍者孤児院兼特殊学校と、孤児院内で職員が始めた孤児対象のバルヴィカス教室の子供たちと縁ができて、以後頻繁に訪れるようになっています。初めてその孤児院を訪れたときには、そこにバルヴィカス教室があることとはつゆ知らず、ただ障碍のある子供たちに自ら食事を提供できる機会があるということで訪問したのです。

当日は未就学児から小学校低学年くらいの障碍を持つ男の子数十名が持つ食器に、日本のおじやのようなご飯を給仕しました。自分で食器を持つことも、口まで食事を運ぶこともできない子に、隣に座っていた片足のない男の子がご飯を食べさせてあげている姿に、自分の持っていない純粋さを感じて、あたかも自分が浄化されていくかのように感じました。

無事セヴァを済ませて、自分の世界観が一新された気分でいたとき、施設の方に招かれて、別の建物の中に入りました。その建物には障碍のある女児たちが所在なさげに座っていました。衛生管理にまで十分手が回っていなかったのでしょうか、アンモニア臭がする暗い感じの建物でした。この孤児院は男女別に運営されているようなので、女の子がいる建物に外国人男性である私が導かれたということは、ここでスワミの道具として働く機会があるのだろうと気を引き締めました。

その奥の小部屋には、数名の新生児や0歳児がベビーベッドに寝かされていました。

その寝姿は、ただ身体の障碍があるというだけでなく、苦しみに満ちた表情をしていました。その衝撃的な場面に私は、ただひたすら心の中でスワミのお執り成しを願い、ひとりひとりの体の一部に触れて、パーダ　ナマスカールのようなことをさせてもらいました。

合計2部屋にいる赤子すべての内に宿る神にご挨拶することができたとき、自分がこのタミル旅行を決意するために至った直接的な原因である、50歳から続く自らの慢性心身不調もまた、神の恩寵なのだと思うことができました。

その後、同じ建物の広い部屋で、私のあとを付いてきた小学校高学年くらいの女の子たち10名ほどと一緒に記念写真を撮ることになりました。隣の女の子が私のしていたスワミの写真が文字盤にある腕時計を見て、何かを話しかけてきました。よく聞いてみると、同じ写真がこの建物の中にもあるとのことでした。その場にいた女性の職員に尋ねると、奥の小部屋に案内されました。なんとそこには部屋の大きさに合わせたかのような、小さなスワミの玉座とお写真がありました。この部屋は祭壇部屋だったのです。

私はただちにひざまずき、五体投地もかくやという全力で礼拝をさせていただきました。私を赤子たちへ導いた女性職員は、この孤児院の子供たちの面倒を見ているバルヴィカス教室の先生であり、私の周りにいた女の子たちはその子供たちだったのです。

タミル・ナードゥ州マイラードゥツライ市（Mayiladuthurai）にあるアリバガム（Arivagam）孤児院は、西暦2000年にその聖なる任務を拡大して、州唯一の、障碍を持つ捨て子を引き受けて育てる孤児院として州政府に認証されました。ここでは、親が子育てを放棄した乳幼児や障碍児も引き受けています。タミル・ナードゥ州では、まだ息がある捨て子が保護されたあと、病院ではなく直接この孤児院に運び込まれるのだそうです。記録によると2018年の段階で200名を超える障碍児を受け入れていました。先天性の四肢障碍児以外にも、生まれてすぐに路上に捨てられたために脳や身体が栄養不足となった結果の障碍児、あるいはその両方にあたる障碍児が、いつまで息が続くかもわからない状態で運び込まれているのです。

そのような孤児たちには、職員の努力もむなしく、短い生涯を終えることがままあります。運び込まれた孤児が看護の甲斐なく亡くなると、職員や孤児たちは深い悲しみに包まれます。たとえ生き延びた場合でも、初期に栄養不良だった影響で、歩けるようになるまでに平均6年かかります。そのような過酷な環境から人生を始めなければならないのです。

この孤児院は、施設に入る必要がある健常児も引き受けています。その健常児たちは18歳まで孤児院から普通の学校に通います。障碍を持った子供たちは施設内で、裁縫やパン焼き、牛の飼育などの職業訓練を受けます。

法律により、障碍孤児は20歳までしか保護することができません。成人した元障碍孤児は、銀行口座の概念すら理解できないことが多いため、施設が住み込み職員として採用することによって彼らの生活を支えています。障碍がなくとも、成人前から障碍孤児の世話を自ら買って出るような孤児も、成人後に職員として採用されます。

州からもらえるお金は不十分であり、かつ支払いが遅れることが頻繁にあります。そのため、この孤児院は民間支援を得るために「多数の障碍孤児に食事をセヴァす

る」という活動を、食事の材料費の寄付のみで受け入れているのです。この土地はイギリス軍によって接収されるまでアガスティアの葉の研究施設があった土地だからなのか、カルマの贖罪のひとつとして、孤児に食事を配るため訪れる人は少なくありません。

この障碍孤児を対象としたバルヴィカス教室は2008年頃に、たったひとりの職員の意志により5歳児を対象として始まりました。現在は一般孤児を含めた15歳までのクラスを毎日実施しています。障碍孤児は、普段からお互いを助け合わないと生きていけないので、バルヴィカス活動に自然になじんでいくようです。また、途中で離れていく子供たちには参加を強制していません。最上級生は現在（2020年）17歳で、バルヴィカスの教師助手を務めています。施設の管理者夫妻で母親役の女性教育学博士でもある方に伺ったところ、バルヴィカスの子供たちの態度や成績の向上は障害の程度を考えると特筆すべきことなので、その活動を積極的に支援しているとのことでした。

そのとき以降、私はほぼ毎年のように孤児院を訪問することになりました。最初の訪問のとき、自分用に注文していたガーヤトリー女神像[1]を寄贈したところ、とても大切にアビシェーカム[2]（灌頂）をして礼拝してくれていたので、毎回新しい神像を注文して寄贈するとともに、訪問するたびごとにバジャン会に参加するようになりました。その過程でハーモニウム[3]やタブラー[4]を寄贈していきました。

民間の支援も充実してきたようで、年を重ねるごとに、建物の掃除も行き届き、子供たちの着ている衣服も小綺麗になっていく様子を実感できるようになりました。私はバルヴィカスの子供たちの成長を楽しむようになりました。

皆様もお気付きかと思いますが、この子たちは、ほぼ強制的に世俗のもたらす五感への誘惑を受けることがないまま成長します。たとえ心身に障碍があっても、神様に純粋に向き合うことに関しては、どのような親の元に生まれるよりも好環境の下にあるのです。たったひとりの帰依者が、センターとは無関係に始めた活動がこのような奇跡を生み出しました。

２０１６年に訪問したときには、バルヴィカス教師から、奥の小さな部屋の玉座の椅子をスワミがお使いになった椅子のデザインにしたいという相談がありました。現在のスペースに合うように採寸したのち、インド、アメリカ、日本など特注の椅子を作っている家具屋に連絡を取りましたが、製作を請け負ってくれる家具屋や芸術家は見つかりませんでした。

そこでタミル・ナードゥ州出身でスワミのアシュラムにも多くの人脈を持たれる日本在住の帰依者の方に相談したところ、なんと州の統括世話人経由でスワミの玉座を作っている指物師の方に同じデザインの椅子を発注することができたのです！

統括世話人が細かい手配を引き受け、とうとう完成した玉座が孤児院に運ばれる日がやって来ました。この時点で、世界に愛を広げていらっしゃるスワミの、この孤児院における計画が、次の段階に進みました。つまり、統括世話人経由で、地元のサイサミティ（サイセンター）が、このバルヴィカス教室の特異性について知ることになったのです。

いよいよ運ばれてきた玉座は、プラシャーンティニラヤム（注：プッタパルティという街内のサイババの本拠地の地名）の玉座と同寸法で、孤児院の小さな祭壇部屋には収まらず、広間に置かれることになりました。するとどうでしょう。その広間は大人を含む数十名のグループが集うことができるサイセンターのような空間に変貌したのです。

２０１８年に訪問したときには、仕事を引退した地元の帰依者の方が、毎週玉座の前でバジャンを歌うようになっていました。そして、バルヴィカスの子供たちを中心とする非公式のサイバジャングループが発足したのです。この時点で、バルヴィカスに関わる多くの職員も、スワミの帰依者になっていました。

２０１９年5月に訪れたときには、孤児院のバジャングループは、地元のサイサミティによって正式に月曜バジャングループとして認定されていました。そしてさらに、月に一度孤児院にてナーラーヤナセヴァ（注：ホームレスの方の中に神を視て、神への捧げものとして食事などを提供する奉仕活動）が行われるようになっていたのです。

同じタイミングで、スワミは帰依者たちの祈りにも応え始めてくださっていました。14歳くらいのときに健常者の孤児としてチェンナイからこの孤児院に入所し、成人後

も職員として赤子を看取り、子供たちの世話をしていた2人の女性職員がいました。1人は、とても裕福な男性に見初められて盛大な結婚式を挙げ、もう1人は、スワミが明確な形で指示を出されて、バルヴィカス教師の弟との婚約が決まったのだそうです。

日本人の感覚では、障碍を持つ赤子や子供たちの世話に真摯に取り組む女性の姿に理想の女性像を見て、結婚を考える聡明な男性は結構いそうに思えます。しかし、数億人を超える適齢期の若者に満ち溢れ、過去の遺物であるはずのカーストをいまだ重要視する人が少なくない現代インドでは、親の後ろ盾がなく、かつ高い教育や技術を持たない女性に良縁がもたらされることは、まさに奇跡なのです。彼女が長年にわたり、スワミの玉座に向かって良縁を祈っていたであろうことは想像にかたくありません。

しかし、孤児院でナーラーヤナセヴァが始まるまで、スワミのリーラー（注：神の戯れ、奇跡）は起きませんでした。私はこのタイミングこそがスワミの愛のお導きだと思いました。職員である彼女たちは、9つの行動規定（注：旧約聖書の十戒のような位置付けのスワミの帰依者への生活指針）のうち8つまでは完璧に行ってい ましが、4番目の行動規定、すなわち地域社会への奉仕活動、はできていなかったので職業である限り、孤児院での自己犠牲的な仕事はセヴァとはみなされません。ナーラーヤナセヴァに定期的に参加することによって、彼女たちは9つの行動規定をすべて実践できるようになりました。そのタイミングで、スワミが彼女たちの祈りを叶えてくださったのです。今後、この孤児院にスワミの愛が余すことなく降り注がれることは間違いないでしょう。

そして、私が一番奇跡として起きることを切望していた願いも、実現に向けて一条の光を見せました。それは、次の世代へバルヴィカスの継承です。

毎年通訳として同行してくれるビヴィン君経由で子供たちに将来の夢を聞くと、ほとんど全員が「教師になりたい」と答えます。

しかし、先ほどの教育学博士によれば、資金の問題だけではなく、子供たちには学習障碍があり、注意力を維持することが難しいため、苛烈な受験競争を勝ち抜いて一

きたいと真摯に思いました。

そのときに、前述の玉座を紹介してくださった方が日本でされた講話より学んだ、

「センターの外で行うサイの仕事は、あたかも椰子の木を育てるようなもので、最低10年は愛を降り注いで手間をかけて育てる必要がある。その代わりに、無事に育った椰子の木が長年にわたりその果実をつけるように、あなたは自らその仕事の結果を見届けることができる」

というスワミの御教えを、本当の意味で理解できたような気がします。

２０２３年10月にコロナにより３年ぶりとなった訪問では、スワミの大いなる恩寵により奇跡を体験できました。スワミの玉座にお祈りすることにより、さらに４人の元孤児の職員女性に結婚相手が現れて、計６人が笑顔で孤児院を「卒業」していきました。そのうちの３人はすでに母親となったとのことです。また玉座にお祈りするとを希望する地元の方が現れ、なんと２度もお祈りすることによる即座かつ奇

病状回復が起きたとのことでした。そのため、地元からの寄付が増えて孤児院の運営に大きく寄与しているとのことでした。

コロナ発生以来、バルヴィカスの子供たちは毎週月曜の朝5時からナガラサンキールタンを実施するようになっていました。集団でバジャンを歌いながら近隣を歩き廻るナガラサンキールタンはスワミの伝記や講演にもあるように、地域を病魔から護る力があるとされています。このおかげか400名近い孤児院で生活している方々の中ではコロナの発症例が一つもないのだそうです！

また、「教師になりたい」と言っていた障碍孤児たちは実はバルヴィカスの第1期生だったのですが、今では18―21歳になっており、そのうち8名は看護短期大学を卒業して看護師の資格を持って孤児院の職員として働いていました。管理者ご夫妻の「孤児の父親」の方の長年の州政府との交渉により、州は定期的に医師を派遣して路上で救出した赤子を診察するように施策を変えました。そして正規の看護師としてバルヴィカス卒業生が看護及び養育を支えることになったのです。もはや彼女たちが障碍孤児だったということは知らされなければわからないでしょう。彼女たちは3年契約を結んでおり、その後の進路の選択は本人に任されているそうです。そして現在は看護師として、そして社会人として自立できるためのインターン期間を過ごしています。

（愛の溢れる看護と世話ができる看護師としての準備として、もの心付く前から障碍孤児として年少の障碍孤児の御世話をしながら成長し、漫画やＴＶなどを知らずにバルヴィカス教育により情操を育んだ彼女たちに勝る準備など、この世のどこにあろうか？）

この事実に思い至った時に、彼女たちへの励ましの言葉を紡いでいた私の感情が不覚にも爆発してしまいそうになり、声が震えました。彼女たちの生きざまは私の深層意識のどこかを癒してくれたようです。

前回の訪問時に「大学に行ける資質がある」と紹介された女児は９歳のとっても成績優秀な甘えっこさんになっていました。得意科目は英語で将来の夢は財務責任者になることだそうです。それもタミルナードゥ州の財務最高責任者になりたいのだそう

バルヴィカス教師と成長した子供たちの姿

です。満9歳の子供の夢としては驚くべき職業です。察するに運営者ご夫妻が直面した州政府とのいろいろな問題についての会話を漏れ聞いていて、この世から腐敗を根絶させるべく将来の職業を選んだように思えます。彼女の行く末を見守りたいと改めて意を深くしました。

また、今回初めて紹介された9歳か10歳の男の子が、タミルナードゥ州に伝わる聖典の暗誦大会で州大会に出場するとのことでした。子供の人口はタミルナードゥ州と日本は大差がないはずなので、日本でいえば万葉集の暗誦詠唱の大会の子供の部の全国大会に駒を進めた感じでしょうか。透き通った声質のバジャンを歌う子で、他の障碍孤児の希望となるためにも、玉座にお祈りしてベストを尽くすように励ましました。

最後に今回の訪問で体験させていただいたスワミの愛の奇跡について共有させていただきます。まったく事情を知らなかったのですが、順風満帆に思えた孤児院に大きな試練が訪れていました。2023年2月に運営ご夫妻の「孤児の母親」様が突然お亡くなりになったのです。スワミの元にお帰りになりましたのでしょう。しかし、突然最愛の妻であり事業のパートナーを失ったご主人はショックで食べ物を受け付けなくなり、病院に入院してしまったのです。ご夫妻の事業は現在52歳で陸軍大佐を務めている一人息子さんに引き継がれる予定でしたが、陸軍が早期退役を認めなかったために、引き継げませんでした。それゆえ、時間を経て悲しみをのり越えたご主人を息子さんと職員の方で支えてやりくりしていたのでした。

私はインドに着くと、先ずはスワミの本拠であるプッタパルティを訪れて、マハーサマーディ（お棺）に跪いて御挨拶と特別なお祈りをします。10月25日と26日に計三回機会があり、孤児院と出版に関して事情を知らぬがゆえにただスワミに全託するお祈りをしました。孤児院には10月30日に訪れたのですが、その二日前にご主人が突然食事を摂れるようになり、私が訪れた日が退院して久方ぶりに孤児院に顔を出すことができた日と重なったのです。ご主人は見るからに弱くなっておられましたが、息子が陸軍を辞めて引き継ぐまで頑張る意欲が湧いたとのことで、精力的に溜まっていた決裁事項を捌くかたわらこの3年間に何が起きたかを語ってくれました。そして拙著の内容確認と写真の使用許可をくださいました。

スワミは帰依者がスワミに集中することを好まれます。それ故帰依者の願いに応えるときは、あたかも映画のクライマックスのように土壇場まで引っ張ることがあります。夫妻が不在の孤児院について職員や子供たちが玉座でお祈りをした回数は計り知れません。そして皆がスワミに祈る熱意と集中が最高潮となった時に祈りに応えてくださるのです。その日は孤児院運営のご主人と私だけではなく、職員一同や孤児たちにとっても忘れられない一日となりました。

ジェイ　サイラム

（1）ガーヤトリー女神：5つの顔をもつ女神のこと。
（2）アビシェーカム：神に対して愛と献身を捧げる儀式のこと。水やミルクなどを上からかけ流す。
（3）ハーモニウム：フリーリードを用いた鍵盤楽器のこと。リード・オルガン。
（4）タブラー：北インドの太鼓の一種。正確にはタブラーとバーヤという2種類の太鼓があって、2個でひとつとされる打楽器。

著者プロフィール

荒木 高志（あらき たかし）

1962年生まれ。
北海道出身。
千葉県在住。
学歴不問（サイババ談）。
職業不問（サイババ談）。
賞罰不問（サイババ談）。
所属不問（サイババ談）。

大暴走

2024年５月23日　初版第１刷発行

著　者　荒木 高志
発行者　瓜谷 綱延
発行所　株式会社文芸社
〒160-0022　東京都新宿区新宿1－10－1
電話　03-5369-3060（代表）
03-5369-2299（販売）

印　刷　株式会社文芸社
製本所　株式会社MOTOMURA

ISBN978-4-286-25388-6